A Casa da Beleza

Melba Escobar

A Casa da Beleza

Tradução: Denise Schittine

GLOBOLIVROS

Copyright © 2024 Editora Globo S. A. para a presente edição
La Casa de la Belleza © by Melba Escobar de Nogales, 2015

Publicado mediante acordo com Pontas Literary e Film Agency

Todos os direitos reservados. Nenhuma parte desta edição pode ser utilizada ou reproduzida — em qualquer meio ou forma, seja mecânico ou eletrônico, fotocópia, gravação etc. — nem apropriada ou estocada em sistema de banco de dados sem a expressa autorização da editora.

Texto fixado conforme as regras do Acordo Ortográfico da Língua Portuguesa (Decreto Legislativo nº 54, de 1995).

Título original: *La Casa de la Belleza*

Editora responsável: Amanda Orlando
Assistente editorial: Isis Batista
Preparação de texto: Livia Deorsola e Theo Cavalcanti
Revisão: Laila Guilherme
Diagramação: Gisele Baptista
Adaptação de capa: Carolinne de Oliveira

1ª edição, 2024

CIP-BRASIL. CATALOGAÇÃO NA PUBLICAÇÃO
SINDICATO NACIONAL DOS EDITORES DE LIVROS, RJ

E73c

    Escobar, Melba
       A casa da beleza / Melba Escobar ; tradução Denise Schittine. — 1ª ed. — Rio de Janeiro : Globo Livros, 2024.
       224 p.; 23 cm.

       Tradução de: La casa de la belleza
       ISBN: 978-65-5987-146-9

       1. Ficção colombiana. I. Schittine, Denise. II. Título.

24-87856

         CDD: 868.993863
         CDU: 82-3(862)

Meri Gleice Rodrigues de Souza — Bibliotecária — CRB-7/6439

Direitos de edição em língua portuguesa para o Brasil
adquiridos por Editora Globo S.A.
Av. Nove de Julho, 5229 — 01407-907 — São Paulo — SP
www.globolivros.com.br

E voa, voa, por outro rumo,
E sonha, sonha, que o mundo é teu.
"Folha em branco", LOS DIABLITOS

I

Odeio as unhas postiças de cores extravagantes, as cabeleiras falsamente loiras, as blusas de malha fria e os brincos de brilhante às quatro da tarde.

Odeio o perfume em excesso dessas mulheres maquiadas ao ponto de parecerem palhaços; além disso, me faz espirrar. Sem falar em seus "acessórios", esses smartphones com capas infantis, em cores como rosa fúcsia com lantejoulas, imitações de pedras preciosas e bonequinhas ridículas. Odeio tudo o que essas mulheres não biodegradáveis de sobrancelhas depiladas representam. Odeio suas vozes estridentes, impostadas, como se fossem bonequinhas de quatro anos, pequenas putas de rua engarrafadas num corpo de mulher e empinadas como machos. Tudo é muito confuso, essas mulheres-crianças-macho me perturbam, me atormentam, me fazem pensar em tudo o que está danificado e esfarrapado num país como este, onde o valor das mulheres é determinado pelo tamanho de sua bunda, a perfeição de seus peitos e a finura de sua cintura. Odeio também ver os homens degradados, reduzidos à sua versão mais primitiva, sempre buscando uma fêmea para montar, para exibir como troféu, para negociá-la ou para ganhar um status entre outros homens das cavernas do mesmo nível. Mas, assim como odeio esse universo mafioso que há trinta anos predomina na estética do país e na lógica dos valentões, dos políticos, dos empresários e de quase todo mundo que tenha uma mínima relação com o poder; odeio também as damas de Bogotá, nas quais me incluo, mas das quais luto para me diferenciar.

Odeio o costume de chamar de "índios" aqueles que, segundo elas, pertencem a camadas sociais mais baixas. Odeio a mania de fazer diferença entre "senhor" e "você", deixando exclusivamente para os subordinados o uso do tratamento de "senhor". Detesto o servilismo dos garçons nos restaurantes, quando correm apressados para atender os clientes e dizem "o que o senhor quiser", "como o senhor preferir", "como o senhor queira". Odeio tantas coisas de tantas maneiras, tantas coisas que parecem injustas, estúpidas, arbitrárias e cruéis, e as odeio mais quando odeio a mim mesma por fazer parte dessa realidade inevitável.

A minha história é comum. Nem vale a pena entrar em detalhes. Talvez valha dizer que o meu pai é um imigrante francês que chegou ao país por meio de uma licitação para construir uma siderúrgica. Aqui meu irmão e eu nascemos. Aqui crescemos, como tantas pessoas da nossa classe, nos comportando como estrangeiros e vivendo em um país murado. No norte de Bogotá, no apartamento da Cidade Velha em Cartagena, alguns verões em Paris e uma ou outra vez nas ilhas Rosário. A minha vida não foi muito diferente da vida que uma burguesa italiana, francesa ou espanhola possa ter tido. Aprendi a comer lagostas frescas desde pequena, a capturar ouriços; aos vinte e um anos já diferenciava um vinho de Bordeaux de um da Borgonha, tocava piano, falava francês sem sotaque, conhecia a história do Velho Continente tanto quanto desconhecia a própria história.

Desde que me lembro, sempre tivemos que cuidar da nossa segurança. Sou loira, de olhos azuis, um metro e setenta e cinco de altura, algo cada vez menos exótico no país, mas na minha infância era uma carta na manga para conseguir o carinho das freiras e o tratamento preferencial das minhas companheiras, assim como um foco de atenção que, no caso do meu pai, se transformava na paranoia de um sequestro que, por sorte, nunca aconteceu na família. A riqueza e os traços anglo-saxões contribuíram para o meu isolamento. Embora ultimamente eu tenda a pensar que sempre disse isso a mim mesma para ocultar o fato de que fui eu que, por vontade própria, me exilei de corpo e alma. Não importa para onde tenha ido, sempre estive longe.

Na minha idade, a melancolia faz parte da paisagem interior. No mês passado, fiz cinquenta e nove anos. Olho para trás e para dentro muito mais do que para o mundo exterior. Em grande parte, por desinteresse e porque não gosto do que encontro do lado de fora. Talvez seja a mesma coisa. Suponho que a minha neurose faça parte dessa leitura sórdida que faço da realidade que me cerca, mas é algo inevitável. Como diria Octavio Paz, essa é "a casa do olhar", minha casa do olhar, e não tenho outra. Aceito a minha natureza classista. Aceito, mais do que aceito, abraço os meus ódios. Talvez essa seja a definição de maturidade.

Quando fui embora do país, as mães ainda se preocupavam se suas filhas mostravam os joelhos, agora não sobra nada para a imaginação. Essa foi uma das coisas que me chocaram quando regressei. Sentia que os seios de outras mulheres me perseguiam com sua insolência quase agressiva. De qualquer modo, nunca consegui me adaptar à Colômbia, e na França sempre fui uma estrangeira.

Mais do que ir para estudar, fugi para Paris. Fiquei confortável por muitos anos, me casei, tive uma filha, exerci a minha profissão, mas logo os anos pesaram sobre mim e as lembranças se deformaram na minha memória, até o dia em que entendi que havia chegado a hora de voltar. Divorciada, com cinquenta e sete primaveras nas costas, com uma filha de vinte e dois estudando na Sorbonne, tive que empacotar a minha vida em três velhas maletas e enfrentar o caminho de volta sem ela. Aline fala espanhol com sotaque e comete erros.

É linda. Magra e altíssima, e com uma preferência por mulheres em detrimento dos homens que ainda não ficou claro se é definitiva ou passageira. Não me preocupo muito com isso. Embora saiba que, se a coitada vivesse aqui, teria que se preocupar ao menos em suportar o moralismo, inclusive o bullying social. As coisas mudaram um pouco, isso é verdade. Pelo menos é possível ver alguns estrangeiros nas ruas, e existem mais pessoas que pensam de forma diferente. Mesmo assim, além da minha amiga Lucía Estrada, com quem voltei a falar depois de duas décadas, estou muito sozinha. Mas também não sinto falta de ninguém, na verdade.

"Colômbia é paixão", dizia o cartaz que me recebia no aeroporto. E no outro dia a imprensa falava de quinze mortos num massacre no sul do país. Ao mesmo tempo, essa paixão é o que me faz odiar com tanto fervor uns e outros. As sras. Urrutia, Pombo e MacAllister, que me convidam para tomar chá e rezar por alguma amiga doente ou pelas onze crianças mortas no último desabamento que ocorreu no sul da cidade, aonde elas nunca foram. O mesmo ódio aos porteiros que se deleitam negando a entrada a todo mundo nos lugares, aos policiais que rebocam os outros carros, aos indigentes que arrancam os retrovisores nos sinais. Só no meu trabalho é que volto a me reconciliar com o meu lado compassivo, aquele que ainda não foi alcançado pela amargura.

No início de 2013 consegui um bom apartamento na rua 93, perto do parque El Chicó. De volta ao país, recuperei algumas ações empresariais e pude comprar não apenas o apartamento, mas também um terreno em Guasca, onde penso em construir uma casinha nas montanhas. No mesmo apartamento instalei o consultório e, graças às minhas credenciais, consegui alguns pacientes em pouco tempo. Devo confessar que a maioria deles me parece entediante. Seus medos costumam ser previsíveis, ou mesmo seus complexos, suas censuras e elaborações. No entanto, na falta de outras distrações, me debrucei na terapia. Por sorte a cidade tem uma vasta oferta cultural, de maneira que, de vez em quando, me animo a ir a um concerto ou a alguma exposição. Para isso, conto com duas tardes livres na semana. Afinal, um psicanalista ganha mais do que o suficiente e, dadas as minhas condições e idade, não preciso trabalhar muito.

Com o passar do tempo, comecei a fazer caminhadas nas tardes livres. É impossível ir ao centro sem ter que ficar horas preso no trânsito, por isso resolvi me deslocar apenas pela vizinhança e fazê-lo exclusivamente a pé. Numa dessas escapadas, descobri algumas livrarias novas, uma padaria maravilhosa e algumas lojas. No entanto, eu não sentia vontade de experimentar quase nada, pois o meu corpo me parece cada vez mais desconhecido. Muitas vezes, o meu próprio rosto me surpreende no espelho, minhas pernas nuas são um mapa improvável, esquecido e sem cor.

Foi em uma dessas caminhadas pelo bairro que, zanzando pela avenida 82, acabei comendo quase um pedaço inteiro de torta de chocolate com um capuccino na confeitaria Michel. Eu me senti culpada, decidi caminhar até a estrada 15 e, em seguida, voltar para casa, também a pé. A poucas quadras, numa tarde clara de maio, parei em frente a um edifício branco de portas de cristal, no qual nunca havia entrado. A Casa da Beleza, estava escrito em letras prateadas. Dei uma espiada, apenas por curiosidade. Acho que foi o nome que me atraiu. Dei de cara com um hall carregado de produtos de beleza caríssimos para rugas, para hidratar, para emagrecer, para estrias e celulites, quando de repente a vi perto da recepção. Usava tênis brancos, um uniforme azul-claro e um rabo de cavalo. A cabeleira longa, de um preto azeviche, descia pelas costas. Não importavam as olheiras nem a expressão de cansaço, sua beleza era firme, quase brusca. A moça esbanjava vida. Havia algo nela de selvagem e bruto que a fazia parecer, como posso dizer, verdadeira. Ainda não sei se era uma vitória da disciplina e da vaidade ou simplesmente um dom herdado. Nunca saberei. Karen é um grande mistério. Ainda mais em uma cidade como esta, onde todo mundo se parece com o que realmente é e tem inscrito na roupa, na fala e no lugar onde vive, um código de conduta tão previsível quanto repetitivo. Despertou minha atenção a sua figura esbelta, mas sobretudo uma certa placidez na expressão do rosto. Apostaria que ela não faz nada especial para ser vista assim. Se existe algo que se possa dizer só de olhá-la é que o sossego se aninha na sua alma.

Talvez porque tenha ficado ali, impressionada, olhando-a como se fosse uma aparição, ela se aproximou para me perguntar:

— Precisa de alguma ajuda, senhora?

Sorria sem esforço, como se ao fazê-lo expressasse a gratidão por estar viva. Eu estava surpresa que ninguém parecesse perceber a sua beleza. Era como se uma orquídea da mais fina delicadeza tivesse caído por acaso na lama. Ao seu redor, mulheres com saltos altíssimos e sorrisos falsos. A mocinha da recepção era pavorosa, com lábios de cereja e um blush exagerado. Ela, não. Ela parecia se destacar dentre todas as outras e dar um sentido ao nome do lugar.

— Obrigada. Sim, eu queria me depilar — disse, então, como se eu mesma não me depilasse desde que me entendo por gente.

— Estamos com horário livre; a senhora quer se depilar agora?

— Sim, agora está ótimo — respondi hipnotizada.

— Desculpa, qual é o seu nome?

— Claire, Claire Dalvard — eu disse.

— Pode me seguir, por favor — completou. E, então, eu a acompanhei.

2

— Desde bem novinhas, as negras e as mestiças alisam o cabelo com uma chapinha, com creme, com secador, com comprimidos mastigáveis, fazem touca, usam máscaras capilares, dormem com meias-calças na cabeça, usam um selador de pontas de silicone. Ter o cabelo liso é tão importante quanto usar um sutiã, é parte imprescindível da feminilidade, e é preciso fazer qualquer coisa, ter coragem, encher o cabelo de grampos e estar disposta a suportar puxões de cabelo e passar horas nessa função cara e incômoda, mas também necessária se o objetivo é conseguir o liso perfeito — diz Karen com sua voz grave.

— E as meninas mais novas? Elas também têm que fazer isso?

— Muito pequenas, não, mas quando ficam mais velhas, ou seja, com oito, nove anos, já podem alisar o cabelo, por que não? — diz, tirando as bandagens.

Karen me disse que gostou da cidade ao chegar. E, sim, muitos a consideram uma mulher bonita. Justamente por essa leve tristeza que a caracteriza e por vezes se desfaz como uma manhã ensolarada de domingo, tão radiante como inesperada.

Deixou o filho de quatro anos com sua mãe em Cartagena e veio para Bogotá. Uma colega dela havia montado um centro estético em

Quirigua e a chamou para trabalhar. Prometeu à sua mãe que mandaria mensalmente dinheiro para Emiliano, coisa que tem feito. Sua mãe mora em uma casa no bairro de San Isidro, com o tio Juan, que é solteirão e adoentado. Ambos vivem principalmente de uma pensão do tio, por seus trinta anos de trabalho no correio, e das remessas de dinheiro que ela manda. Karen cresceu escutando os ritmos caribenhos *vallenato*, *bachata* (da República Dominicana) e, mais tarde, *champeta*. Sua mãe, apenas dezesseis anos mais velha que ela, foi uma vez eleita rainha do bairro e pensou que deixaria de ser pobre, mas acabou ficando grávida de um loiro que falava pouco espanhol e que ela supôs que fosse um marinheiro. Dessa visita furtiva do amor, nasceu a mestiça que dividia com a mãe não apenas o sobrenome, como também a beleza e as privações.

Dona Yolanda Valdés vendeu loteria, petiscos, foi empregada doméstica, copeira num bar do centro da cidade e, finalmente, se dedicou a cuidar do neto, a suportar a artrite e a se lamentar por ter dado à luz uma menina, e não um menino. Aos quarenta anos era quase uma velha.

Os namoricos de dona Yolanda terminaram em mais duas gravidezes, nas duas ocasiões de meninos, com tanto azar, que um nasceu morto e o segundo morreu poucos dias depois do parto. Yolanda Valdés dizia que as mulheres da sua família estavam enfeitiçadas. Uma espécie de maldição caía sobre elas quando menos esperavam para submetê-las à solidão como único destino.

Karen se lembra da missa das sete da manhã aos domingos e do despertar com o canto dos canários. Recorda as grandes quantidades de guisado de peixe e a pele arrepiada e a visão embaçada por luzes brancas quando deixava o corpo flutuar por muito tempo na água. Com o passar do tempo, o ritual de ficarmos fechadas naquela cabine, em solidão, abrigadas por sua juventude, sua cadência de mar, o vigor de sua mão firme e suave, se transformou para mim em uma necessidade tão real como a fome.

Desde a primeira vez que a vi, quis saber quem ela era. Com delicadeza, quase com ternura, fui enchendo-a de perguntas enquanto ela passava a ponta dos dedos pelas minhas costas. Foi assim que soube que chegou a Bogotá em janeiro de 2013, durante a temporada de sol. Primeiro se instalou em Suba, no bairro Corinto, onde uma família alugava um pequeno apartamento com banheiro e uma cozinha bem pequena por trezentos mil pesos, taxas incluídas. Ganhava um salário mínimo. No final do mês, não tinha nem um peso a mais nem podia mandar algo para casa, sem contar que o bairro não era seguro e Karen vivia com medo. Na madrugada em que um bêbado atirou em duas pessoas por estarem obstruindo a via pública com uma festa de família, Karen decidiu procurar outro lugar para viver.

Foi morar em Santa Lucía, na parte sul, perto da avenida Caracas, mas agora teria que atravessar toda a cidade para chegar ao salão em que trabalhava.

Quando sua colega comentou que estavam procurando alguém em um centro de estética de alto nível no norte da cidade, Karen conseguiu uma entrevista. Foi no início de abril. A cidade sucumbia entre aguaceiros. Karen estava havia apenas algumas semanas na nova casa e pressentia que o dilúvio poderia ser um sinal de abundância.

A Casa da Beleza fica localizada na Zona Rosa. O prédio branco, por fora, sugere um ar de limpeza e sobriedade, mistura de clínica odontológica e butique de moda. Ao atravessar suas portas de vidro, a pessoa está no meio de uma terra de mulheres. A recepcionista, atrás do balcão, cumprimenta com seu melhor sorriso. Várias assistentes uniformizadas, maquiadas, penteadas e sorridentes oferecem cremes, perfumes, sombras e máscaras das melhores marcas na loja que fica no térreo. As pilhas de revista se amontoam na mesinha de centro da sala de espera.

Karen lembra que chegou em um 5 de abril por volta das onze e meia da manhã. Tão logo cruzou o umbral das portas de vidro, um aroma de baunilha, amêndoas, água de rosas, esmalte, xampu e lavanda impregnou sua pele.

A recepcionista, que ela viria a conhecer melhor mais para a frente, parecia uma boneca de porcelana. O nariz arrebitado, os olhos grandes e os lábios redondos cor de cereja. "Que batom usará?", perguntou-se enquanto se dirigia para a sala de espera.

Ao fundo há um espelho grande e duas cadeiras de cabeleireiro, onde duas mulheres fazem sobrancelhas, maquiagem e experimentam produtos. Todas usam calça azul-clara e blusa de manga curta da mesma cor. Parecem enfermeiras, mas, ao contrário delas, estão bem penteadas e pintadas, têm as unhas impecáveis e cintura de vespa. Uma tem um tom de bronzeado perfeito; em um crachá preso no peito é possível ler seu nome: Susana.

A faxineira usa também um uniforme azul, mas de um tom mais escuro. Aproxima-se e oferece uma água aromatizada. Karen aceita. Vê entrar no lugar a cantora pop conhecida como Rika. É morena, voluptuosa, com um bronzeado invejável e possivelmente mais velha do que aparenta. Usa uns óculos escuros como arco de cabelo, um anel dourado em cada dedo e muitas pulseiras. Como ela, se apresenta na recepção e se senta ao seu lado com uma revista.

— A próxima para a dona Fina pode entrar — anuncia a recepcionista.

— Obrigada, diz Karen, tratando de impostar o "r" e o "g" para esconder o sotaque.

Sobe uma escada em caracol. Passa direto pelo segundo andar para seguir para o terceiro. Do lado direito, quatro lugares para cuidar dos cílios, três para as unhas. No meio, quatro cabines e, no fundo, à esquerda, a sala de dona Josefina de Brigard. Karen se aproxima da porta entreaberta e escuta uma voz do outro lado, que a convida a entrar. No meio de uma sala aconchegante, com claraboias que deixam ver uma manhã luminosa, uma mulher de idade indefinida com sapatos de salto baixo, calça cáqui, blusa bege e colar de pérolas, com uma escova impecável e maquiagem sutil, dá a ela as boas-vindas.

— Sente-se — fala com uma voz grave.

Dona Josefina a observa caminhar até a cadeira que está do outro lado da única mesa da sala. Escaneia Karen de cima a baixo, com seus olhos verde-escuros, e levanta ligeiramente as sobrancelhas.

Em seguida, pousa o olhar nos olhos de Karen, que abaixa a cabeça.

— Deixe-me ver suas mãos — diz a ela.

Karen aproxima as mãos, numa súbita regressão à escola primária. Mas dona Josefina não pega a palmatória para repreendê-la, simplesmente deixa que a mão da moça descanse sobre a sua por um momento; coloca os óculos e a examina com curiosidade, repete a operação com a mão esquerda e logo pede para que se sente.

Ela, ao contrário, passeia pela sala. "Se eu tivesse essa idade e esse porte, também não me sentaria", pensa Karen.

— Quantos anos a Casa da Beleza tem?

— Vinte?

— Quarenta e cinco. Na época, eu já tinha os meus três filhos. Saiba que agora sou bisavó.

Repara na sua cintura, fechada delicadamente por um cinto de couro de cobra. As unhas, de um rosa pálido. Os olhos amendoados, as maçãs do rosto salientes têm um aspecto de opala, pálidas e peroladas. A mulher que está diante dela poderia ter sido uma estrela de cinema.

— A Casa da Beleza e a minha família são tudo o que tenho. Por isso, sou exigente e não faço concessões.

— Entendo — diz Karen.

— Sim, mocinha, você tem cara de esperta. Você passou de um centro de beleza especial em Cartagena para um centro comum em Bogotá. Por quê?

— Porque ganho um salário melhor aqui do que lá, pelo menos foi o que pensei quando saí do litoral.

— Sempre o dinheiro…

— Tenho um filho de quatro anos.

— Todas têm.

— De quatro anos? — pergunta Karen sem pensar.

— Vejo que te falta senso de humor — diz dona Josefina, voltando ao tratamento informal de maneira abrupta. — Este é um bom lugar para mulheres sérias e discretas, dispostas a trabalhar doze horas por dia, que façam bem seu trabalho e entendam que beleza exige um profissionalismo absoluto. Tendo em vista que tem postura, estou certa de que você pode chegar a se sair muito bem aqui. Você verá: as clientes podem ter dinheiro, algumas têm muitíssimo dinheiro, mas quase sempre são tremendamente inseguras quanto à sua feminilidade. Todas nós temos medo, e, à medida que começamos a envelhecer, esse medo aumenta. Por isso, nós, as mulheres da Casa, devemos ser excelentes em nosso trabalho, mas também doces, compreensivas, e saber escutar.

— Entendo — diz Karen automaticamente.

— Claro que não entende, mocinha. Você não tem idade para entender.

Karen se cala.

— Então, como ia dizendo, não se deve responder às clientes; se querem conversar, conversa-se; se querem ficar caladas, nunca deve ser você a começar uma conversa. Pedir gorjeta ou favores de qualquer natureza é motivo para demissão. Atender ao celular no horário de trabalho é também motivo de demissão. Ausentar-se da Casa sem autorização prévia é motivo de demissão. Levar qualquer utensílio sem autorização é motivo de demissão. As férias acontecem depois de um ano de casa, a previdência e o plano de saúde são por conta de vocês. O mesmo com as férias, que realmente são uma licença não remunerada e nunca podem exceder duas semanas, contando os feriados. Lixas, cremes, óleos, espátulas e demais utensílios são por conta de vocês.

— Posso perguntar o valor do salário?

— Depende. Por cada serviço, vocês recebem quarenta por cento. Se você faz sucesso e as clientes pedem muitos horários contigo, no final de alguns meses você poderá ganhar um milhão, incluindo a gratificações.

— Aceito.

Dona Josefina deixa escapar um sorriso.

— Não tão rápido, mocinha. Esta tarde vou fazer mais duas entrevistas.

Chama atenção de Karen como uma mulher elegante e de aparência educada pode passar tão facilmente do "você" ao "senhora", sem respeitar nenhuma regra.

— Só quero dizer à senhora que estou muito interessada — completa, optando por permanecer no tratamento mais formal.

— Em alguns dias te daremos a resposta.

Quando Karen está de saída, dona Josefina a detém:

— E outra coisa, caso você não goste do sotaque litorâneo, deixa isso pra lá. Ninguém, nem neste nem em nenhum outro país, gosta de como os bogotanos falam.

Depois de uma semana, Karen já fazia parte da equipe da Casa da Beleza. "Se eu estivesse no setor de sobrancelhas, maquiagem e cílios, teria tido dificuldades para competir com Susana", me disse, então. Como cada uma tinha sua fortaleza, rapidamente se transformou na rainha do segundo andar. Atribuíram a ela a cabine número três, onde faria limpezas de pele, massagens e depilações. Sua beleza misturada à sua prudência e seu profissionalismo faziam dela uma das favoritas, especialmente para as depilações. Descobriu que, quando as bogotanas vinham para uma depilação de virilha cavada, quase nunca era por escolha própria. Iam porque o marido pedia, ou o namorado, ou o amante. Ela me contava coisas de suas clientes e das outras colegas da Casa. Foi assim que no meio da conversa apareceu o nome de Sabrina Guzmán.

Karen sabe quem tem um sinal de nascença no quadril, quem sofre com varizes, quem teve problemas com as próteses nos seios, quem está por se separar, quem tem um amante, quem está sendo traída, quem viaja para Miami pela ponte, quem foi diagnosticada com câncer na semana passada e quem faz massagens diárias para reduzir a cintura sem dizer ao próprio marido.

Aquilo que se confessa na cabine não sai dali. Como o terapeuta ou o confessor, a estética tem um voto de silêncio.

A maca se parece com o divã. É ali que a mulher estende o corpo indefeso, num gesto de entrega. Obedecendo à mensagem "Descanse, desligue o celular", entra na cabine disposta a se desconectar por um tempo. Quinze minutos, meia hora, talvez mais, estará isolada do mundo, unicamente conectada ao seu corpo, ao silêncio e, quase sempre, à conversa íntima, na qual vão aparecendo as confidências poucas vezes divididas, até mesmo com os mais próximos.

Sabrina Guzmán chegou numa quinta-feira em meio a um pé d'água, cheirando a bebida, com o cabelo empapado, o uniforme do colégio e meia hora antes de fechar. Explicou a Karen que o namorado a tinha convidado para um jantar romântico, com desfecho num hotel cinco estrelas. Até onde sabia, era o mesmo namorado que em duas ocasiões anteriores tentara levá-la para a cama, mas acabou indo embora sem "fazer as honras", porque ela não estava "depilada como veio ao mundo", conforme argumentou a cliente.

Ele vinha a Bogotá por dois dias, então tinha que aproveitar. Não explicou aproveitar o quê, mas Karen entendeu que era para aproveitar e desvirginar a moça. Foi uma tortura para as duas. Sabrina, sua cliente, reclamava muito, e, quando Karen viu que saíram gotas de sangue, teve uma triste premonição.

Quando a garota foi embora, Karen ficou olhando aquela manchinha de sangue no cobertor da maca e se perguntando como tirá-la. Tentou com água, sabão, amoníaco, mas conseguiu apenas descolorar a mancha para um rosa pálido, que iria acompanhá-la pelo resto de seus dias na Casa.

3

ELA SE LEMBRARIA DO PRIMEIRO NOME DO AMANTE de sua cliente alguns dias depois, quando encontrassem o corpo sem vida de Sabrina Guzmán. Em uma nota breve, se limitavam a dizer que a menina de dezessete anos, estudante do ginásio, havia morrido de aneurisma e que o enterro seria no dia 24 de julho, na igreja Imaculada Conceição, ao meio-dia.

Mesmo que na Casa da Beleza não tivessem permissão para sair, Karen sentiu uma necessidade urgente de ir. Entrou no banheiro, tirou o uniforme, colocou a calça jeans justa, a camiseta branca, e pegou emprestado o blazer preto com que Susana tinha vindo trabalhar naquela manhã.

Saiu no dia chuvoso com seu guarda-chuva de cinco mil pesos.* Entre as buzinas dos carros, avançou driblando as poças até chegar à estrada 11, onde pegou um ônibus caindo aos pedaços. Logo que entrou, fechou o guarda-chuva, abriu a carteira, pagou a passagem e foi até a parte de trás, apertada entre as bundas quentes dos homens

---

* O equivalente a cerca de R$ 6,00. (N. E.)

e o cheiro de patchuli das mulheres de cabelos compridos e mal tingidos. Ao colocar a mão na barra, pensou, como todas as vezes que subia em um ônibus, que nada lhe dava tanto nojo como essa textura gordurosa e pegajosa do metal.

Continuava entrando gente. O corpo de um homem barrigudo se grudou ao seu. Era alto, tanto que, ao levantar o olhar, Karen via a sua papada morena.

Um menino de uns onze anos entrou para vender balas. Disse que era desabrigado do distrito de Tolima. Disse que tinha quatro irmãos. Disse que era arrimo de família. Karen procurou na sua carteira e generosamente deu quinhentos pesos antes de puxar o sinal. O motorista parou abruptamente, e ela pulou na calçada.

Antes de entrar na igreja, parou em uma loja de departamento. Queria tirar o cheiro de sujeira. Colocou uma amostra de perfume, Chanel nº 5. Olhou-se no pequeno espelho fixado entre os ruges, ajeitou o cabelo com os dedos, tirou o batom da bolsa, passou-o com cuidado e continuou seu caminho.

Ao chegar à igreja, caminhou em meio à multidão para a frente, como se uma esteira rolante a transportasse. Na quarta ou quinta fila encontrou um lugar. Diante de seus olhos estava o caixão fechado. Karen pensou que pouquíssimas pessoas poderiam se lembrar do corpo como ela. Os dedos dos pés longos e finos. As veias marcadas na altura das batatas da perna. Lembrou-se das sardas nos ombros estreitos, do nariz reto, dos olhos imensos e dos lábios finos e logo pensou que Sabrina era bonita, talvez de uma beleza cinzenta como a desta cidade, mas ao mesmo tempo discreta e cheia de segredos.

A tristeza chegou como uma onda em meio a um mar calmo. Num ato reflexo, apertou o punho para não chorar. Pensou no rímel escorrendo pelas bochechas e nas pessoas se perguntando quem seria aquela intrusa que chorava pela morta com o rosto manchado de preto. Pensou no esforço que ambas tinham feito havia alguns dias para deixá-la lisa como uma menina. Lembrou que estava na igreja e sentiu vergonha. Só então reparou no homem que estava ao seu lado. Estava certa de que já o vira antes. Era uma celebridade. Por um momento pensou tê-lo visto como apresentador de showbiz do noticiário da noite, mas depois achou que ele era muito velho para isso. Logo se lembrou. Era o autor de *A felicidade é você* e *Me amo*. Nesse momento, Karen sorriu. Quatro anos antes, antes que sua vida desse a guinada que deu depois do nascimento de Emiliano, Karen cursava o primeiro semestre de Serviço Social na Universidade de Cartagena.

Por ser boba, pensa agora, ainda que não seja mais esperta do que na época, por ser puritana, embora ainda o seja, aconteceu o que aconteceu. É que o professor de habilidades do pensamento falava lindamente. Sim, era coroa, muito mais velho que ela, que tinha acabado de fazer dezoito anos, mas para ela era um sábio, um iluminado. O professor Nixon Barros tinha o molejo dos homens caribenhos. E falava bonito e ria com vontade. Tudo isso a seduziu; parecia hipnotizada ao observá-lo falando. Nixon não tinha medo de afeição. Parecia-lhe que ele era um homem de verdade. Gostava do seu cabelo encaracolado, do suor que lhe cobria a testa sem que ele se importasse, das camisas que sempre ficavam grandes demais e do aroma de seu perfume.

Com o professor Nixon, conheceu o mercado de Bazurto e teve sua primeira bebedeira no Goce Pagano. Foi quase um ano matando aula e guardando um segredo que a fazia corar. Karen sempre soube que o homem era casado pela segunda vez, que tinha uma mulher mais nova que ele e um filho. Mas, no dia em que esse homem se inclinou para beijá-la, Karen não parou para pensar no príncipe encantado que sua mãe tinha em mente para ela nem no fato de que ele era negro, ou velho, ou casado, só fechou os olhos e abriu os lábios com entrega.

Com o passar do tempo, sua alegria era tal, sua euforia, sua loucura, que Karen começou a pensar apenas com a pele.

Deixou-se deflorar numa rua escura do bairro Getsemaní e continuou se permitindo onde e quando pudesse, cada vez com mais vontade e mais entrega, pelos três ou quatro meses seguintes, enquanto Nixon Abelardo Barros lhe falava de tanta coisa, que embriagava sua cabeça. Por ele, Karen leu *Cem escovadas antes de ir para a cama*, de Melissa Panarello; *O segundo sexo*, de Simone de Beauvoir; *Cartas de amor do profeta*, traduzido por Paulo Coelho; e *Assim falou Zaratustra*, de Nietzsche, entre outros livros que acabaram por despertar nela uma caótica revolução. Foi então que começou a olhar de forma diferente as mulheres de sobrancelhas feitas e a deixar crescer os pelos nas axilas como uma expressão de liberdade. "Não estou neste mundo para agradar homem", respondeu à sua mãe quando ela lhe perguntou o que fazia com aqueles chumaços de cabelo saindo dos sovacos. "Não enche o saco, garota, me agrade, então", retrucou dona Yolanda, que era capaz de não comer se o dinheiro acabasse, mas nunca deixaria de ir ao cabeleireiro.

A mãe apostava na beleza de Karen como única maneira de deixar de ser pobre. Tinha o hábito de dizer à filha que, se ela estivesse apresentável na manhã em que o gringo a pegou com olheiras e desgrenhada, não a teria deixado assim, "a ver navios". Até onde sabia, seu pai era um poeta, um artista, um viajante, embora Karen tivesse a intuição de que sua mãe inventava coisas, já que dizia que ele era um poeta de Sincelejo, um boxeador de Turbaco, ou um marinheiro inglês, versão que Karen gostava mais do que as anteriores.

Era uma adolescente alta e magra, e sua mãe a alimentava o melhor que podia, embora só visse crescerem seus ossos. Por mais que todas as manhãs ligasse o fogão para fazer um omelete com creme de leite, arroz, feijão, aipim e peixe, a menina só crescia para cima. Para Karen, a felicidade estava nesse café da manhã com suquinho de amora, no quintal da casa, quando a confusão das caixas de som já havia parado e a rua do Pirata já não era aquele barulho de melodias em eterna competição entre *vallenato*, *reggaeton*, *champeta* e *rancheras*, a mesma guerra de todos os fins de semana, com as crianças chutando a poeira descalças na rua e os primos trazendo um isopor de cerveja Costeñita gelada para beber na frente do portão da casa, enquanto os outros bebiam sentados em cadeiras de plástico e o tio Richard, na cadeira de balanço, sempre calado, sempre sério, com os olhos vermelhos pelas poucas horas de sono e o sorriso desamparado, o olhar alcoolizado de carinho.

Em sua rebeldia, Karen passou a usar os cabelos cacheados e selvagens que tinha por natureza. Mas com o tempo, com o sermão de sua mãe e os estudos de estética, não só se cansou de explicar por que preferia deixar os cachos naturais, como se transformou numa expert em cabelo liso.

Para sua família, as amigas e as pessoas que ela conhecia, deitar-se com um homem usando camisinha era virar prostituta. "Se existe amor, não existe preservativo", repetia dona Yolanda. Ela complementava essa frase com uma de suas tantas outras superstições: "Quando um homem disser que te ama, olhe para sua pupila. Se estiver dilatada, ele mente". Nixon havia dito que a amava, e sua pupila continuou do mesmo tamanho. Mas, além disso, Karen confiava nele.

Nixon não era mais um negro que falava de dinheiro, de carros e de mulheres como se fossem gado. Nixon não andava cheio de colares de ouro, sua obsessão não era dançar *champeta* ou os shows de Rey Rocha. Nixon gostava de poesia, como seu pai, pensava Karen, embora na realidade ela nunca tivesse sabido muito sobre o pai, e entendia que ela queria fazer uma carreira universitária antes de prestar os concursos distritais de fim de ano.

Nesse primeiro semestre, além de fazer provas e apresentar trabalhos, Karen experimentou a maconha, a salsa clássica e, acima de tudo, o sexo, na hora e no lugar que fosse; se deu conta de que podia voltar a um estado primitivo no qual se sentia à vontade. Aprendeu a entrar em uma espécie de transe, quase sempre com Nixon, mas outras vezes com a ajuda do massageador de pés do tio Juan, as bolas tailandesas que sua mãe guardava na gaveta da cozinha ou sua própria mão.

Para Karen, a leitura de *Me amo* permitia manter a culpa dos seus atos a uma distância prudente, ou ao menos distraí-la com argumentos de um livro baseado no hedonismo. Enquanto lia o livro, começaram os enjoos matutinos, o inchaço nos seios, que doíam ao simples toque, o sono e o cansaço. Estava na metade do livro quando decidiu fazer o teste num domingo de manhã.

"Merda", disse. Tinha acabado de fazer dezenove anos.

Sua mãe deixou de falar com ela por algumas semanas até uma tarde sufocante em que Karen escutou a bronca enquanto estava deitada na cama com rolos no cabelo, folheando uma revista velha.

— Qual é a sua ideia, ficar deitada o dia inteiro, vivendo de luz?

— Eu dei almoço para o tio — disse Karen.

— Vai fazer alguma coisa, porque você está grávida, mas não está doente. Ou você começa a se mexer ou vai embora de casa.

Da confusão que os livros dessa época deixaram, o que mais a acompanhou e ela leu até um dia antes de dar à luz foi *Me amo*, ainda que não sentisse que sua mensagem estivesse direcionada a ela.

Quem estava próximo a Karen nessa manhã ensolarada no enterro de Sabrina Guzmán era ninguém mais, ninguém menos que o autor do seu livro de cabeceira, Eduardo Ramelli. O escritor deveria estar na casa dos setenta anos, bronzeado, com uma cor próxima a canela, os olhos azuis, o cabelo grisalho, bem cuidado, preso para trás com gel, como os galãs de antigamente.

— Chanel nº 5 — escutou-o sussurrar ao seu ouvido.

Karen ficou calada, não porque não sabia que o autor da *A felicidade é você* usava 1 Million, de Paco Rabanne, nem porque não quisesse continuar no jogo, mas porque sua garganta havia se fechado. Ramelli deixou escapar seu meio sorriso com o olhar fixo no padre, mas consciente da delicada presença ao seu lado.

— Qual o seu nome? — perguntou depois da eucaristia. Um "shhhh" prolongado e sério acabou com seus esforços para arrancar dela uma palavra. Depois veio o habitual "vão em paz", anunciando o final da missa. Nas primeiras duas filas estavam os familiares próximos. Uma mulher chorava desconsolada, abraçada a um menino de uns nove anos. O pequeno órgão soou, e um coro desafinado cantou "Ave Maria", enquanto os fiéis começavam a sair da igreja. Karen alcançou o corredor para procurar a saída. Sentiu o cheiro de Ramelli às suas costas por alguns metros até que o perdeu quando duas mulheres altas o interceptaram. Sua atenção se concentrou nas senhoras com penteados volumosos como claras em neve, nos seus tailleurs com muita textura e em seus corpos magros. Algumas tinham sombrinhas, e outras tinham um motorista ou um guarda-costas com um grande guarda-chuva que entregava à sua patroa na saída para que ela fosse, no seu ritmo, se esquivando das poças sem sobressaltos, enquanto ele corria debaixo da chuva intensa para alcançar o mesmo carro no qual entrariam, a patroa atrás, o criado na frente.

Ao cruzar a rua Cem, ficou atordoada com o barulho de buzina, a fumaça dos canos de descarga, os ônibus verdes e velhos como a fome dos que pedem esmola, os mancos munidos de limpa-vidros à caça de moedas, imigrantes com suas cartolinas sujas nas quais, invariavelmente, escrevem a lenda de um povo desaparecido, a história de um massacre com erros gramaticais, com a mesma caneta, quase sempre preta, com a letra de uma pessoa que acabou de terminar a escola primária, com o punho fraco e o chão de concreto como único apoio, para logo se instalar na mesma esquina de cada dia e buscar a esquiva compaixão dos motoristas. Algumas mulheres, quase sempre negras ou indígenas, com os filhos pendurados no peito ou nas costas, sustentavam a criatura em uma mão, a cartolina na outra, o pote para receber moedas debaixo do braço, em um equilibrismo desconfortável sempre atento às mudanças do sinal.

Quando o sinal fica vermelho, mendigos, imigrantes, foragidos, drogados, aleijados, saltimbancos, desempregados, analfabetos, maltratados, mutilados, mulheres grávidas e crianças "assaltam" os carros em uma performance diária tão repetitiva e previsível, que não surpreende mais ninguém. Ou quase ninguém. Aqueles que percebem essa realidade com uma angústia razoável costumam ser os recém-chegados a esta terra, cujas colinas, conforme se ensinava aos estudantes bartolinos dos anos 1970, "delimitavam os confins da civilização".

A esta zona montanhosa, quase sempre fria, cada dia chegavam mais pessoas provenientes de todas as regiões do país. Karen achou que fosse uma dessas pessoas. Como os vendedores de manga, os compradores de ferro-velho, os catadores de lixo, os malabaristas e os pedintes.

O que mais impressionava, porém, não era tanto o desdobramento de profissões nascidas da fome, e sim como tudo se tornava rotineiro. Via essas mulheres em suas caminhonetes blindadas, sempre fechando a janela quando alguém chegava perto estendendo a mão. Esse gesto, como tantos outros, parecia parte de um manual que todos haviam lido, num território onde os seguranças, os arames farpados e os cachorros encoleirados desenhavam a paisagem cotidiana.

Quando chegou à Casa da Beleza, suas pernas queimavam. Tinha as mãos frias. Subiu correndo ao segundo andar e trocou de roupa o mais rápido que pôde. Estava pronta para entrar na cabine quando ouviu uma batida seca na porta do banheiro.

— Sim? — disse, amarrando os cadarços do tênis.

— Dona Fina quer falar contigo — disse a voz do outro lado.

— Já vou — respondeu, e se olhou no espelho para ajeitar o rabo de cavalo antes de sair. "Isso está acontecendo comigo por ter ido aonde não fui chamada." Justo quando já começava a se aproximar do ansiado milhão, justo agora iria se deixar ser demitida por causa de uma cliente que mal conhecia. Dona Fina a esperava com a porta entreaberta.

— Queria falar comigo? — perguntou.

— Sente-se — disse dona Fina secamente.

Karen tentava adivinhar, sem encontrar uma resposta para o que aconteceria. Tinha a sobrancelha esquerda ligeiramente arqueada.

— Karenzinha, soube que você se ausentou sem o meu consentimento durante o horário de trabalho — começou. — Quero que saiba que nada me escapa e que, inclusive quando não estou na Casa, tenho os meus informantes. Está ouvindo?

— Sim, senhora.

— Então. Para provar o quanto estou a par das coisas, vou te contar onde esteve: você foi às honras fúnebres de uma mocinha chamada Sabrina Guzmán. Quer saber como eu soube? Esta manhã a mãe da moça ligou, disse que ela frequentava a Casa e achava que a filha estivera aqui anteontem. Não sabia quem atendia a filha, e por isso procuramos na agenda. Foi assim que eu soube que você havia perdido uma cliente. Receba minhas mais sentidas condolências, querida.

— Eu mal a vi umas duas ou três vezes.

— Quatro, para ser exata — corrigiu dona Josefina. — E o que você sabe sobre ela?

— Não muito, dona Fina, era uma adolescente normal.

— Ah, querida, como se isso existisse — respondeu dona Fina. — É melhor que você entenda que, se abrirem uma investigação, a polícia fará as mesmas perguntas, então é melhor que você saiba responder. Qual serviço ela fez?

— O de sempre.

— Depilação com cera?

— Isso.

— E a virilha?

— Sim, senhora.

— Completa?

— Sim.

— Tem certeza de que não sabe com quem ela iria se encontrar? Olha que essa pessoa bem poderia ter a ver com o seu desaparecimento.

Nesse momento, Anne apareceu de repente:

— Desculpe por interromper, Karen, mas sua cliente já está te esperando.

— Posso ir, senhora?

— Claro, mas é melhor que não fale sobre isso com ninguém. Se você começa a contar que uma cliente morreu depois de uma sessão, ninguém mais volta a pisar na sua cabine.

— Com licença — completou Karen, se perguntando se dona Fina falava sério, e saiu deixando a porta às suas costas entreaberta; no meio do caminho, parou e deu meia-volta:

— Senhora, me desculpe, mas, se a menina já está enterrada, o que vão investigar agora?

— Como vou saber? — perguntou dona Josefina com um gesto displicente. — E agora feche essa porta para mim, tenho assuntos importantes para resolver.

4

COM O PASSAR DOS ANOS, Eduardo chorava cada vez com mais facilidade. Chorava num filme romântico, ao ver como o seu cabelo ficava no travesseiro, ao notar seus problemas de ereção. E não havia muito tempo tinha chorado, e muito, quando finalmente, depois de um viagra e de muita concentração, conseguiu satisfazer uma mulher. O pior de tudo é que eu soube disso porque ele mesmo me contou. Meu consolo é que, até onde sei, enquanto estivemos casados, nunca chegou a levá-las para casa, ou prefiro acreditar nisso. Ele gostava principalmente de uma negra chamada Gloria, que não devia ter mais de vinte anos. "Ai, os vinte anos", pensei ao vê-lo com ela no terraço de um restaurante de frutos do mar na rua 77. Foi por acaso. Justo naquele dia fui a uma consulta no dermatologista e na volta resolvi caminhar. Eu os vi de longe. Andava pela calçada em frente ao lugar. Ele apertava e soltava a palma da mão num gesto de sedução tão antigo que em outros tempos funcionou comigo. Soube o nome da menina porque um dia usei o computador dele e abri um arquivo chamado "Gloria", onde encontrei as imagens. Como em outras vezes, fiquei calada. No fim das contas, não podia culpá-lo por buscar fora de casa o que eu tinha deixado de dar havia muito tempo. O que mais me doía era o seu egoísmo, sua falta de interesse por mim e o fato de ter me deixado sozinha. Estar com a garota me afetava menos. Havia muitos anos eu vinha perdendo o desejo, gradualmente, coisa que com a menopausa acabou piorando. Pensava eu: "Se ele precisa de sexo, que vá e o consiga onde ofereçam". Mas que ao menos me fizesse companhia, ao menos se interessasse pelas minhas coisas, mesmo que na verdade eu já nem soubesse quais seriam minhas coisas, porque havia anos que me concentrava cada vez mais nele.

Naquele dia, quando os vi de mãos entrelaçadas, provando um coquetel de camarões, tinha acabado de receber um diagnóstico de vitiligo. Eu me segurei para não chorar diante daquele projeto de médico que me olhava com pena. Mas era um garoto, não deveria ter mais de trinta.

Saí caladinha; "calma", disse, "vou caminhando para casa, primeiro passo por Pomona", enquanto pensava que o diagnóstico explicava a enorme mecha de cabelo branco que tinha nascido havia alguns meses, arruinando a minha cabeleira preta, o mesmo com as manchas no tornozelo e na bochecha esquerda. Estava muito desanimada, não vou dizer que não. E vi justamente o meu marido com aquela escultura de ébano, a quem já tinha tido a oportunidade de ver pelada. Era demais. Humilhação em cima de humilhação. E o pior de tudo era que também não me importou. Não sei o que pode ser. Se a menopausa ou o costume de viver na desgraça, a verdade é que continuei nesse estado de inércia vegetativa do qual já pensava que não me curaria nunca, até o meu reencontro com Claire.

Foi ela quem apareceu para me devolver parte da energia perdida. Não éramos muito amigas no colégio. Meu pai era mais respeitado como psiquiatra do que rico, e vivíamos em mundos diferentes. Claire era lindíssima, altiva, orgulhosa, de boa família, se destacava em tudo, eu era só mais uma e, além disso, com um cabelo horroroso cor de sopa e uns óculos pavorosos. O que nos unia era a proximidade que cada uma tinha com aquela que hoje é a esposa do ministro do Interior. Para mim, Claire era uma mulher sofisticada, vinda de um mundo bem distinto do meu. Mas foi tão querida quando nos vimos faz umas semanas, notei que estava tão carinhosa e tão só, que nos vimos uma segunda vez há uns quatro ou cinco dias e tomamos uma quantidade exagerada de uísque. Confesso que nunca tinha tomado uísque antes na vida. Sim, já tinha provado, ou seja, o sabor eu conhecia, mas não tinha tomado nem sequer uma dose completa. Quando tinha oportunidade, tomava uma tacinha de vinho, de repente uma de champanhe ou um Baileys. Uísque, jamais. Mas Claire se serviu de um e me perguntou:

— Quer um uísque?

Não iria dizer a ela: "Você não teria um Baileys guardado por aí, amiga?", como uma vovozinha ou uma debutante. Não. Tirei forças lá do fundo e disse: "Sim, pode me servir um, que delícia". Eu me lembro disso e dá vontade de rir. A primeira dose me caiu mal, mas as seguintes me pareceram divertidíssimas. Essas são as coisas que acontecem comigo quando estou com Claire; é que, vejamos, somos da mesma idade, inclusive acho que sou um pouco mais nova, mas do seu lado me sinto como o puritanismo em pessoa, e, ao contrário de mim, ela é independente, imprudente. Definitivamente, a juventude é um estado de alma. Além disso, está quase com sessenta e continua linda, muito bonita mesmo.

Bom, voltando a Eduardo, eu o conheci quando tinha vinte cinco anos, na flor da idade das mulheres, como ele dizia. Ele tinha trinta e sete. Até então eu havia passado a minha vida como uma rata de biblioteca. Minha mãe morreu quando eu tinha onze anos. Sempre fui mais para feinha. De todo modo, nada especial. Conhecia pouco de homens, e o que eu sabia sobre relacionamentos havia aprendido, sobretudo, pelos livros. Decidi ser psiquiatra porque tinha crescido escutando meu pai comentar os casos e me parecia o mais natural. Nem sequer acho que cogitei outra opção, se bem que hoje penso que eu deveria ter estudado biologia.

O fato é que conheci Eduardinho em uma conferência. Ele me pareceu descontraído, mas depois eu acharia que era frívolo. Parecia um homem seguro de si, sem vontade de impressionar ninguém, embora com o tempo eu viesse a interpretar essa atitude como narcisismo. Embora o ser humano seja narcisista e qualquer descoberta que ponha em dúvida sua visão de si mesmo tenda a ser rejeitada, Eduardo leva essa atitude ao limite, beirando uma personalidade sociopata, ainda que eu tenha levado cerca de trinta anos para chegar a esse diagnóstico. Pelo menos me dediquei à escrita, e não aos pacientes, os coitados poderiam ter se dado mal comigo, já que demoro anos para chegar a um diagnóstico. Mas, enfim. A velocidade nunca foi uma de minhas características. O fato de que um homem assim, boa-pinta como Eduardo, se interessasse por mim me chamou a atenção. Peituda eu sempre fui, melhor dizendo, foi isso que o atraiu. Talvez isso e o manuscrito, ou talvez porque sempre fui muito compreensiva e maternal com ele. Ainda me lembro daquela vez que me chamou de "mamãe". Estava distraído folheando um jornal, eu perguntei alguma coisa, se ele havia marcado consulta com o urologista, algo assim, e sem levantar a cabeça me disse: "Não, mamãe", em seguida ficou vermelho de vergonha e eu tive um ataque de riso.

Nós nos casamos um ano depois de nos conhecermos. Eu só tinha ficado com um homem antes dele, numa relação tão estranha quanto incômoda para ambos. Eu morria de amores pelo Eduardo. Além de bom-moço, ele era divertido, engraçado, despachado, do mundo, com classe, melhor dizendo, era tudo o que eu não era. Como dote, poderíamos dizer assim, lhe ofereci um livro, que ele publicou sob sua autoria, com muito sucesso. Era um texto sobre os amores que matam. Ele achou extraordinário e me propôs fazer algumas mudanças. Depois, publicou o texto em seu nome; o meu, Lucía Estrada, não estava escrito em lugar nenhum. Estava de tal maneira encantada com Eduardo, que isso não apenas não me importou, como fez com que me sentisse orgulhosa. Pensei: "Ele gostou tanto que publicou em seu nome". Eu não podia acreditar. E escrevi outro, que ele voltou a publicar como autor, mas dessa vez falei: "Olhe, meu amor, para falar a verdade eu não sirvo muito para dar entrevistas, retornar correspondências explicando as teorias que se desenvolvem aqui, enfim, se quiser, continue assinando você". E, para minha surpresa, me disse que tudo bem, que ele assinava os livros com muito prazer. Eu esperava um pouco que me dissesse: "Não, meu amor, você pode, você merece esse reconhecimento; como pode passar pela sua cabeça que eu vá assinar por você?", mas não, isso não aconteceu, o que aconteceu foram três décadas e dezesseis livros que terminaram por consolidar Eduardo como o segundo autor de autoajuda mais vendido na América do Sul. Todos já sabem qual é o primeiro.

No começo do nosso casamento, a ideia de ter um filho estava em pauta, ele não havia fechado a porta para isso, e, de alguma maneira, eu esperava que a abrisse para mim. Mas não. Ele não quis. Também não quis morar em outro país porque aqui tinha seus seguidores e seus sócios. Continuei escrevendo os livros. Isso sim, me levava a todos os lugares. Ele dava palestras, eu escrevia. Ele autografava os livros, eu escrevia. Ele saía para fazer compras, eu escrevia. Ele viajava um fim de semana com uma amante, eu escrevia. E assim foi por trinta e três anos. A verdade é que sofrido, ou o que se entende por sofrido, nunca foi. Tenho vivido muito bem. Gosto dos livros, entre eles me sinto segura, tranquila. Pude ter uma vida boa. Além disso, gostava tanto de Eduardo que sua felicidade era também a minha. Também tínhamos muitos assuntos em comum, ainda que ele gostasse pouco de conversar sobre livros. Enfim, não sei que questões nos uniam, a cozinha, de repente, porque ele sabia fazer três ou quatro pratos e quando cozinhava me falava do que estava fazendo. Já nem sei o que fazíamos, mas eu não me sentia amargurada nem infeliz. Nada disso. Só cheguei a fazer um diagnóstico quando nos separamos: o paciente neurótico, nesse caso Eduardo, faz de seu mundo um espelho simétrico do qual espera uma resposta idêntica às suas próprias expectativas sobre ele. Em outras palavras, o paciente procura em sua mulher, seus amigos, seu trabalho uma réplica do projetado e de sua idealização sobre o que devem ser. Nessa medida, não reconhece a existência do outro como ser independente, porque o outro só existe para ele como um reflexo de suas próprias necessidades insatisfeitas. Ao produzir-se o fracasso inevitável de uma expectativa idealizada, dá-se uma frustração irreversível, que dá lugar ao processo que Freud, seguindo Jung, chama de "a involução da libido". Foi assim que vivi por três décadas com um homem que nunca me conheceu nem quis me conhecer.

Um homem para quem o importante era se sentir querido, admirado e respeitado por uma massa anônima, mas irrefutável. A minha existência para ele era apenas um veículo para essa reafirmação contínua do seu valor.

O fato é que, da minha maneira, eu era feliz. Suponho que, na minha lógica, "a felicidade consistia na negação dos próprios desejos, na renúncia a mim mesma e, inclusive, no castigo", palavras de Claire. Eu o servia em todos os sentidos da palavra. O irônico é que continuo servindo. Sem que tivéssemos chegado a um acordo de divórcio, passei a viver num pequeno apartamento em La Soledad, de onde continuo escrevendo os livros para Eduardo em troca de uma pensão e um ou outro encontro furtivo, quase sempre infeliz. Para mim ele continua sendo lindo, engraçado, um charmoso dos mais adoráveis. Mesmo que, como disse antes, já não sinta desejo há muito tempo. O ponto é que Eduardinho sofreu muito quando era pequeno, teve um pai que o maltratou bastante e ele teve que aprender a se proteger e se blindar das pessoas. Não é tão fácil julgar os outros. E isso eu disse a Claire. Não acredite. Ninguém é tão bom ou tão mau quanto parece. Eduardo não foi um mau homem. Embora seja claro que mínha figura foi se transformando na de uma mãe. Sim, uma mãe. Levava seus chinelos. Fazia café para ele. Preparava seu banho. E ele recorria a mim por consolo, por reafirmação. Pobre do meu Edu.

Na última vez que nos vimos, ele tentou me beijar. Fomos jantar num restaurante novo. Ele me levou para casa e me pediu um drinque antes de ir.

— Estou cansada — disse, tentando me safar.

— Só uma saideira, minha Luchía.

A saideira virou os cinco ou seis copos que ainda havia na garrafa e um monólogo interminável. Eu cabeceava do outro lado do sofá. Eduardo quis falar sobre a sua impotência, em seguida se aproximou para me beijar, e eu me afastei.

— Não posso, meu amor, desculpe — disse eu, fazendo um esforço.

— Não pode ou não tem vontade? — perguntou, acendendo um cigarro sem me olhar.

Amanheceu no sofá nessa fria madrugada de 23 de julho. Deixei um cobertor para ele antes de me deitar. Fui dormir quase às três da manhã e duas horas depois já o escutava. "Mas o que é que ele está fazendo?", disse a mim mesma, sonolenta, porque o ouvia tropeçar e se mexer na salinha em plena madrugada, enquanto cochichava ao telefone. O som de uma batida seca me fez levantar. Saí para olhar. Eduardo procurava seus sapatos às pressas, com a sala ainda na penumbra. Tinha deixado cair a garrafa aberta de uísque, e o resto da bebida se derramou no assoalho.

— O que aconteceu? — perguntei assustada.

— Desculpe, Lucía, eu tenho que ir. Nos falamos.

— Em plena madrugada?

— Um amigo está com sérios problemas e precisa da minha ajuda, depois te conto.

Eduardo foi embora, e em seguida eu limpei o cinzeiro das guimbas que meu ex-marido havia deixado. Eu me perguntava como é que alguém com mais de sessenta anos tem um amigo com problemas em plena madrugada. Isso podia acontecer na adolescência. Mas nessa idade? Isso me fez lembrar por que eu havia me separado. Eduardo era

A Casa da Beleza 37

um egoísta e, com todo o respeito, pensava mais com o pinto que com a cabeça. Como eu odiava aquele cheiro de cigarro. Uma das coisas boas da minha casa é que ninguém fumava dentro dela. Isso e o silêncio, a paz. Tinha comprado um livro de ioga para principiantes, um tapete especial e algumas velas. Eduardo debochava de mim. Ele achava ridículo que eu, àquela altura da vida, quisesse começar a fazer algo novo. O fato é que todas as tardes eu dedicava uma hora a essa prática com a qual, pouco a pouco, ia me familiarizando. E só o fato de não ter que acompanhar Eduardo em suas viagens tinha me dado muita liberdade. Uma ou duas tardes na semana ia ao cinema, às vezes saía para fazer longas caminhadas pelo Park Way e até tinha pensado em comprar um cachorro.

Peguei uma fatia de pão e a coloquei na torradeira. Passei um pano no assoalho. O cheiro de uísque me enjoou. Abri completamente as janelas. Preparei café, reguei as plantas e levei o computador para a mesa para revisar o que havia escrito no dia anterior. Servi as torradas, o café, coloquei os óculos e comecei a ler: "É assim que a infidelidade se transforma no motivo mais comum de divórcio e maus-tratos conjugais. É motivo de depressão, angústia, perda de amor-próprio e outras tantas alterações psicológicas, o que representa o lado mais obscuro do amor doente". Li duas vezes e comecei a rir. Não consegui ler de novo. *Amor doente* parecia falar de nós dois. Eu me sentia desanimada. O que aconteceria se não escrevesse o livro? As regalias que os outros nos davam eram suficientes para que ambos vivessem disso. É verdade que tinha um contrato vigente para *Amor doente* e o lançamento estava previsto para o próximo ano. Mas ele poderia conseguir outro *ghost writer*: agora havia uma porção de jovens escritores muito bons e alguns com formação em psicologia.

Além disso, esse negócio que tinha com seu sócio parecia estar dando um bom dinheiro. Não tem problema se deixarmos de publicar um livro, de fome não vamos morrer. Embora Eduardo estivesse se tornando cada vez mais ambicioso. Ganancioso, melhor dizendo. De fato, esse foi o motivo que me levou à separação. Sua intenção em comprar uma casa em New Hope, somada ao incidente com Gloria, foi a gota d'água. De nada adiantou eu criticar essa estética de Miami, com todos os excessos do metro quadrado mais caro da cidade. Insistiu que estaríamos mais confortáveis vivendo entre "pessoas do nosso nível".

— Pessoas do nosso nível? E qual foi o momento em que você se transformou no protótipo do colombiano classista?

— Não me venha com lição de moral, Lucía, qualquer um diria que você é uma morta de fome — falou.

A conversa não durou muito mais tempo. Ele alegava que não tinha nada de mau em querer ter o melhor.

"Nós merecemos tudo, minha Piccolina", me disse.

Então eu o vi tirar uma pasta verde da sua maleta de couro. Abriu-a devagar, e surgiram uns papéis.

— Piccolina, a decisão está tomada, você só tem que assinar e teremos feito o melhor investimento da nossa vida.

Eduardo abriu os papéis e começou a ler em voz alta. De vez em quando fazia um comentário: "Você tinha que ver os jardins verticais que ficam na pedra na parte de trás". "Tem trezentos e cinquenta vagas, guarita com vigias, quarenta e oito câmeras de segurança." Continuava lendo. "Você vai adorar o espaço gourmet, meu amor, tem uma cozinha própria e móveis com design de muito bom gosto. Mas o melhor é o *clubhouse*. Você, que gosta de nadar, vai amar. Tem uma piscina climatizada e semiolímpica, com professor de natação, sauna, banho turco, sala de pilates…" Ficou retumbando nos meus ouvidos o "você, que gosta de nadar". Na verdade, sim. Na adolescência eu gostava de nadar, e na universidade eu continuava praticando o esporte. Agora me perguntava por que tinha parado. "Você, que gosta de nadar", repeti na minha cabeça e senti que me afogava num mar de tristeza.

Eu também gostava de música; de Joan Baez e de Simon & Garfunkel, gostava de passar os fins de semana na serra, gostava de cozinhar sopa *ajiaco*, mas Eduardo não tomava sopa *ajiaco*, não gostava desse tipo de música e, se saía de Bogotá, tinha que ser de avião, de modo que eu me adequava e, de tanto me adequar, fui apagada.. Terminou seu discurso e, sem notar os meus olhos vermelhos nem o meu silêncio, guardou os papéis na maleta, mudou de casaco e se perfumou antes de sair.

— Tchau, meu amor — falei da cama com um sorriso.

— Não coma muito — ele se limitou a dizer.

Eu me enfiei na cama com um saco de batata frita e uma caixa de chocolates. Por volta da meia-noite, tinha visto um episódio de *CSI* e um de *Mad Men* e estava cansada. "As mulheres dessa série são umas heroínas, mas no final nunca resta nada para elas", pensei. Eduardo ainda não voltara. Eu estava com os olhos inchados de tanto chorar.

Quando desliguei a televisão, me imaginei dormindo em outra cama. Uma que fosse menor, mas minha. Dormi pensando em uma janela que desse para a rua, talvez para um parque, uma cozinha aberta, umas plantas, uma mesa de jantar redonda com uma luminária pendurada sobre ela. Eduardo voltou quando começava a amanhecer. Eu já havia me levantado e sentado em frente ao computador, procurava apartamentos em La Soledad.

— Trabalhando tão cedo? — ele perguntou.

— O que você acha? — respondi, já determinada a encontrar esse lugar no mundo onde agora terminava de recolher guimbas de cigarro, essa casa própria onde já não havia espaço para ele.

Ao terminar de limpar o uísque derramado no chão, tomei a decisão de pedir a Claire que nos encontrássemos uma vez por semana. Tomei também a decisão de não voltar a deixar Eduardo fumar na minha casa. Olhei o calendário e marquei a data: 23 de julho. "A partir de hoje, ninguém fuma nesta casa", disse a mim mesma enquanto fazia um círculo em volta da data com a mesma caneta vermelha que usava para corrigir os rascunhos dos seus livros.

5

Sabrina foi de uniforme. Por isso não a deixaram entrar no bar do hotel em que ficou de se encontrar com Luis Armando. Embora tivesse gostado de ir e tomar uma bebida, que ele a levasse a um restaurante ou ao menos para passear, ele insistiu para que ela subisse ao quarto dele.

"Não quero esperar para te encher de beijos", disse. E essa frase bastou para que Sabrina sentisse a aceleração do seu batimento cardíaco. "Você gosta de mim?", perguntou essa voz que costumava sussurrar por telefone quando a desejava. "Muito", respondia Sabrina, ruborizando. Era a primeira vez que um homem diferente do seu pai lhe fazia essa pergunta.

Quando entrou no quarto, notou que Luis Armando estava bêbado. Ela também estava, graças aos tragos que tinha tomado para aguentar a dor da depilação. Se estivesse sóbria, talvez tivesse reagido antes. Mas não estava. Chegou a pensar que ter ido ao quarto não foi uma boa ideia. No entanto, em vez de ir embora, ficou olhando nos olhos dele, procurando alguma centelha do amor que acreditou ter encontrado ali algum dia. Estava pronta para transformar-se em mulher.

6

Ao sair do escritório da chefe, Karen sentiu que as mulheres do terceiro andar a observavam. As três da seção de cílios levantaram o olhar dos rostos que tinham à sua frente para examiná-la. Até a das tinturas deu meia-volta e ficou olhando para ela. Karen calculou que, se não tivessem uma cliente debaixo do nariz, teriam feito alguma pergunta. Que foi? Todas já sabiam que Sabrina Guzmán havia morrido e que era sua cliente?

Desceu para devolver o blazer para Susana antes de voltar para sua cabine. Encontrou-a imersa num chat que ocultou logo que a viu chegar.

— Obrigada — disse Karen, devolvendo o blazer.

— De nada, flor — respondeu Susana com um sorriso generoso.

Observou a bolsa que estava perto dos seus pés e se perguntou se seria original.

— Sim, é original — respondeu Susana, que parecia ter o poder de ler a mente.

— É muito bonita — disse Karen.

— Obrigada, *princess* — disse Susana. — Você tem cara de ser uma boa pessoa. Anota o meu celular, nunca se sabe quando vamos precisar de uma amiga, e entre todas essas gatas invejosas você vai acabar encontrando só arranhões — completou quase num sussurro.

Susana deu um toque pelo celular e, enquanto Karen salvava o número, notou que sua companheira tinha o último modelo de iPhone. Um tablet aparecia no interior da bolsa aberta.

— Por que você traz essa bolsa? Para dar inveja? — perguntou Karen.

— Sim, também.

Anne interrompeu a conversa para avisar Karen que sua próxima cliente acabara de chegar.

— Não se preocupe com as "gatas" — Karen disse, usando pela primeira vez a expressão para se referir às suas companheiras da Casa. — O salário delas não dá para um tablet como esse.

— Ah, menina — disse Susana —, dá para ver que você é nova. Se tiverem que deixar de comer, deixam de comer para nunca ficarem para trás. Quando quiser, te empresto a bolsa ou alguma roupa se você precisar.

Karen subiu para o segundo andar. Uma vez na cabine, acendeu o aquecedor de cera para esquentar a mistura. Então, escutou as batidas na porta. Antes de abrir, telefonou para Annie na recepção e perguntou quem iria atender.

— Você não sabe mesmo? — respondeu do outro lado antes de desligar.

Por sorte, ao abrir, se lembrou do nome. Mesmo que não a tivesse atendido antes, saberia, porque apresentava as notícias sobre os famosos à noite.

Karen admirava a apresentadora de televisão. Não se lembrava de que a fulana a havia tratado mal nas duas ou três sessões anteriores. Parecia que o prestígio de sua beleza era merecido. Adorava o seu cabelo liso.

— Dona Karen, como você está? — perguntou Karen animada.

Dona Karen não olhou e não quis responder.

— Pode colocar sua roupa na cadeira, vou deixá-la sozinha só um segundo para que possa tirar a roupa. Vamos fazer virilha completa? Precisa de uma calcinha descartável?

— Não, só perna e axila.

— Tudo bem, dona Karen, então pode ficar de calcinha e sutiã. Atendo a senhora em um minuto. Deseja um café ou uma água aromatizada?

— Uma água seria bom.

Pediu uma água aromatizada para a cabine três. Procurou uma colcha elétrica no armário. Ainda bem que tinha uma. Quando algo desaparecia do closet central, todas tinham que pagar. Entrou de novo na cabine. Dona Karen estava deitada na maca. Era uma mulher de uns trinta anos. Ao que parecia, frequentava a Casa havia tempos e quem sempre a atendeu foi uma outra funcionária, até que um dia seu celular sumiu e a funcionária foi demitida, embora não existissem indícios nem tivesse havido uma investigação para provar. Dessa forma vinte anos de trabalho se acabaram para sua antecessora na Casa, e foi assim também que dona Josefina colocou a joia da coroa nas mãos de Karen.

— Desculpe, seu nome é Karen, não é?

— Sim, senhora.

— É que me incomodo com o fato de termos o mesmo nome. Sabe?

— Como assim, senhora?

— Esqueça o *senhora*, que eu não sou casada. Agora vamos ver. Como faço para que você entenda que não podemos usar o mesmo nome? Faço um desenho? "Oi, Karen, como vai?", "Bem, e você, Karen?", "Bem, Karen". Você entende o que quero dizer? — disse dona Karen enquanto Karen passava um lenço com creme de limpeza por sua pele.

— Gostaria de um creme anestésico, ou fazemos direto? — perguntou Karen.

A Casa da Beleza 45

— Você está escutando o que estou falando? — respondeu dona Karen irritada. — Pelo menos um segundo nome você tinha que ter, não? Ou eu posso te dar um apelido?

— Como achar melhor, dona Karen. Não tenho um segundo nome.

— É tão difícil para você entender isso?

Enquanto colocava talco nas panturrilhas, Karen pegou a espátula e verificou a temperatura da cera no dorso da mão esquerda. Esse gesto invariavelmente a recordava quando experimentava as mamadeiras de Emiliano para se certificar de que não estavam muito quentes. Pensou que dona Karen havia tido um dia ruim. No final das contas, não devia ser fácil ser famosa. Certamente a importunavam na rua pedindo autógrafos, e devia ser complicado estar sempre na boca do povo. Passou a espátula com cera nas pernas de dona Karen até o joelho. Em seguida, cortou uma faixa de papel que pressionou contra sua pele antes de arrancá-la de um só golpe de baixo para cima. A cliente deixou escapar um leve gemido.

Karen se lembrou daquela vez em que uma cliente de outro salão filmou dona Karen fazendo uma cena histérica durante uma sessão com a manicure porque tinham cortado a unha do dedo anular mais do que deviam. Havia rumores de que em parte por causa disso era proibido o uso de celulares nas cabines, para evitar que as funcionárias fizessem fotos ou vídeos dos clientes que pudessem terminar em um processo contra a Casa.

— Em um segundo terminamos. Coloco a coberta?

E dona Karen respondeu que sim, com a cabeça recostada na maca.

— Bem, agora continuamos com as axilas e rapidinho teremos acabado — disse Karen enquanto aplicava gel de babosa nas pernas, fazendo uma massagem suave.

Karen achava que quem fez aquele vídeo às escondidas não era uma boa pessoa. Não era certo se beneficiar da desgraça alheia, pensou consigo, admirando a suavidade da pele de dona Karen.

— Já sei — disse dona Karen de repente, tirando a funcionária de suas reflexões. — Pocahontas — completou, soltando uma risadinha maliciosa. — Você não acha maravilhoso? Cairia perfeitamente bem para você; assim, com o seu cabelo preto, os olhos amendoados e a boca grande, você é meio indiazinha, ou não? — E ao dizer isso deixou escapar uma gargalhada curta, meio histérica.

— Se a senhora quiser me chamar de Pocahontas, que assim seja — disse Karen, enquanto repetia a operação desde o princípio: limpar a área que iria depilar, testar a temperatura da cera, colocar talco, passar o creme anestésico, aplicar a cera com a espátula de madeira, retirá-la com a faixa de papel e aplicar o gel de babosa. Dona Karen ficou com os olhos fechados a maior parte do tempo, mas com um leve sorriso desenhado no rosto. Karen se perguntou se esse sorriso havia estado sempre ali ou se havia aparecido por causa dela. A verdade é que Karen Marcela Ardila – ela, sim, tinha um segundo nome – ficou com um sorriso fixo desde que ganhou o prêmio Niña Colombia aos oito anos. Era tal a sua persistência no gesto, que quase não podia controlá-lo. Sorria o tempo todo, inclusive quando a situação era triste ou dramática, outra das razões pelas quais jamais poderia apresentar algo diferente do que a vida dos famosos na televisão.

Do seu ponto de vista, os implantes de Karen Marcela ameaçavam explodir. Era verdade que tinha um corpo escultural e que gostava de exibi-lo, não apenas nos catálogos de lingerie. Usava uma calcinha fio dental de renda e um sutiã de seda preta tamanho 36. Sua pele era de um tom caramelo; seu cabelo, entre avermelhado e castanho-claro. Tinha um nariz mínimo e os traços de uma princesa de Walt Disney com o corpo de uma coelhinha da Playboy.

— Terminamos — avisou Karen aliviada.

Dona Karen se levantou da maca sem perder o sorriso. Mexia sua enorme bunda de um lado para o outro, como se fosse um pavão real na hora da conquista. Karen deu a ela um roupão ao mesmo tempo que o interfone tocou.

— Você tem outro atendimento agora, e não me pergunte quem é — disse Annie e desligou.

Karen não se lembrava.

— Deixo a senhora se vestir e vou preparar o seu recibo — disse.

— Obrigada, Pocahontas — respondeu dona Karen sem olhá-la e sem deixar de sorrir. — Você tem uma beleza, como se diz, selvagem, como uma indiazinha com tanga — insistiu antes de deixar escapar de novo seu risinho infantil e estridente. — Mas esse cabelo liso é falso, né?

Karen não respondeu.

Dona Karen deu a ela mil pesos de gorjeta, que não davam nem para uma viagem de ônibus, mas em compensação levou um creme da Sisley e outro da Olay pelos quais pagou um milhão e meio de pesos, o dobro do salário de Karen até as semanas anteriores. De tudo, o que mais ofendeu a moça foi a nota de mil pesos.

Karen guardava as gorjetas debaixo do colchão em casa, onde já tinha reunido mais de um milhão de pesos. Segundo seus cálculos, quando chegasse aos dois milhões já poderia trazer Emiliano. Com isso poderia pagar a alimentação, a escola e a pessoa que cuidasse dele, pelo menos por alguns meses, enquanto ela trabalhava. Logo iria conseguir o resto do dinheiro, faria atendimentos em domicílio, conseguiria um trabalho aos domingos, o que fosse necessário. Nesse ritmo, levaria mais uns três meses. Não era tanto tempo, dizia a si mesma procurando se consolar.

Subia as escadas quando escutou a voz de dona Karen:

— Pocahontas!

Deu meia-volta.

— Aho! — disse, imitando a saudação de um indígena de filme norte-americano.

Karen ficou olhando para a outra e, desta vez, foi ela que ensaiou um sorriso. A apresentadora a chamou de índia na frente de todo mundo da Casa como vingança pelo fato de ter o mesmo nome que ela. Podia sentir os olhares de suas companheiras em cima do seu corpo como sanguessugas. Podia escutar seus risinhos traiçoeiros como o das meias-irmãs da Cinderela. "Gatas", disse a si mesma. Por sorte Susana apareceu em seu resgate:

— Olha que você conquistou Karen Ardila, ela já te deu um apelido carinhoso!

E seguiu o seu caminho.

Karen se sentiu satisfeita de ter pelo menos uma aliada. Não sabia quais eram os motivos, a verdade é que Susana tinha decidido protegê-la. Não tinha nem chegado à porta de sua cabine quando deu de cara com uma senhora de meia-idade, o cabelo mal tingido, as pernas longas e muita maquiagem. Ainda não sabia de onde conhecia aquele rosto quando a mulher a pegou pelo braço.

— É você que é a Karen?

— Sim, senhora, no que posso ajudar?

— Sou Consuelo, mãe da Sabrina Guzmán. Você se lembra de mim?

A imagem da mãe chorando abraçada a um menino no enterro, que havia acontecido umas horas antes, voltou à sua mente.

— Você marcou um horário comigo? — perguntou com nervosismo.

— Sim — respondeu a senhora.

— Pode entrar, por favor — falou Karen, conduzindo a mulher pela mão até a cabine. — E o que a senhora vai fazer?

— Eu, nada, se quiser pode me cobrar algum serviço, mas eu só vim falar com você.

— Quer um café ou uma água aromatizada?

— Não quero nada — disse a senhora, olhando com firmeza para a maca que não tinha ninguém, mas onde imaginou sua filha deitada dois dias antes.

Karen trouxe um copo d'água, mais para sair e não ter de encará-la. A mulher escorregava contra a parede. O choro sacudia o seu corpo. "Vai acabar no chão", pensou Karen. E foi o que aconteceu. Teve que se agachar, iria pedir para que a outra se levantasse, mas no último momento mudou de ideia. A mãe que havia dentro dela se sentou ao lado da "cliente" e passou o braço por suas costas. A mulher chorava. Quem poderia saber quanto tempo ficaram nessa posição? De uma hora para outra, parou. Tinha o rosto molhado, a maquiagem escorrida, estava muito mal.

— Tem certeza que não quer que eu faça uma limpeza de pele? — insistiu Karen. — É que, na verdade, não sei mais o que te oferecer. Me diga, por favor, do que gostaria: uma massagem, uma hidratação?

— Eu só quero que você fale da minha filha.

Karen se sentiu perturbada com o pedido da cliente.

— A sua filha não era de falar muito, senhora. Se quiser, vá tirando a roupa, deixe apenas a calcinha — disse enquanto colocava uma música.

— Foi você quem fez a depilação?

— Sim, senhora.

— Você fez um bom trabalho. Parecia uma princesa — disse a mãe tirando o sutiã.

— Obrigada — disse Karen, pensando que essa era a conversa mais estranha que já tivera em toda a sua vida.

— Agora deite-se na maca, vou colocar uma colcha elétrica para que não sinta frio. Só um minuto. Óleo de amêndoas ou lavanda?

— Eu já te disse que não vim para isso — voltou a dizer a mãe com um tom de irritação. — E para que minha menina iria se depilar se não fosse porque tinha um encontro? Eu sei que ela andava se encontrando com alguém, mas nunca me contou nada. Não sei nem sequer o nome dele.

Karen não respondeu. Em vez disso, massageou as têmporas, a cabeça, o pescoço. Iria continuar pelos braços, mas ao ver a maquiagem escorrida não segurou o impulso de corrigi-la. Passou um lenço com um creme demaquilante, depois aplicou um gel de limpeza e, no final, um creme hidratante.

Continuou pelos braços e, quando chegou à mão esquerda, a mãe de Sabrina Guzmán voltou a chorar. Passou o resto do tempo chorando baixinho. Era como se o tato dessas mãos jovens, vigorosas e experientes pressionasse os pontos precisos para libertá-la da dor.

Depois de vinte minutos pediu para que ela se virasse de bruços, e só então, ao virar-se, a senhora voltou a perguntar:

— Você tem filhos?

— Um menino de quatro anos.

Karen trabalhou bastante as costas, que estavam cheias de tensão.

— E querem que eu acredite que foi suicídio... — soltou de repente.

— Suicídio, senhora? Entendi que tinha sido uma morte natural.

— Isso é o que diz o jornal, o que você esperava?

Karen ficou calada.

— Agora a minha menina está enterrada. O que vou fazer, meu Deus? O que vou fazer?

Ao dizer isso, a mãe desabou num choro desconsolado. Tiveram que parar.

— E já falou com a polícia?

— Insistem que, enquanto o relatório médico confirmar uma overdose de Tryptanol e não existirem fundamentos para questionar o diagnóstico, não há muito que fazer.

— Tryptanol?

— Um remédio, um antidepressivo que serve para se matar. O que você sabe, Karen? — a mãe insistiu.

— Não parecia querer morrer. E como ela se suicidou, ou como dizem que fez isso?

— No hospital San Blas informaram que um taxista a deixou na entrada de emergência. O cara disse que pegou Sabrina no cruzamento da rua 77 com a 90 por volta das cinco da manhã. Disse que ela pediu que a levasse rápido para o hospital San Blas, que era uma emergência. E, quando chegaram, não acordou. Então, ele se abaixou para olhá-la e Sabrina tinha na mão uma caixa de Tryptanol. Abriu a caixa e viu que a cartela estava vazia.

— Ou seja, ela tomou tudo?

— Isso foi o que disse o relatório médico.

— Mas foi feita uma autópsia? Pediram ao taxista que testemunhasse?

A mãe de Sabrina chorava com mais serenidade.

— Tive medo, naquele momento me parecia prioridade dar a ela a sagrada sepultura. Sabia que os suicidas não entram no reino de Deus? — perguntou.

Karen tocou o pé direito de Consuelo Paredes, e ela deixou escapar um suspiro. Fechou os olhos. A funcionária primeiro esfregou o peito do pé com um pouco de creme. Depois rodou o pé para um lado, em seguida para o outro. Usou sua mão como um rolo na planta do pé, primeiro para cima e para baixo, depois em círculos.

— Não sei o que te dizer. Talvez não tenha se suicidado. Talvez…

Justo naquele momento o interfone começou a tocar sem parar. Afinal, Karen não teve outra escolha a não ser atender.

— Me dá licença um momento, senhora. Sim, Anne, pode falar.

Karen teve que interromper a mãe de sua cliente.

— Uma pena, senhora, mas nosso tempo acabou. Tenho uma cliente que está subindo agora mesmo.

A mãe de Sabrina se vestiu com rapidez. Antes de sair, deu um abraço em Karen e deixou um cartão pessoal no qual se lia "Consuelo Paredes, agente imobiliária" e seus telefones.

52 *Melba Escobar*

Duas batidas na porta anunciaram a chegada de Rosario Trujillo.

— Como vai? — disse ao entrar, olhando para o vazio. — Me faz a massagem emagrecedora na cintura e nas coxas e no final retoca minhas sobrancelhas? — perguntou a cliente, que insistia em emagrecer embora já pesasse pouco.

— Claro, senhora — respondeu Karen e saiu para buscar gel quente, os rolos e a máquina de ultrassom.

Quando voltou, Rosario Trujillo estava deitada na maca falando ao celular. Logo que viu Karen entrar, passou a falar em inglês. Também já tinha começado a se acostumar com isso.

No final, a cliente estava tão enrolada que voltou a falar em espanhol ou *espanglês* quando gritou com o marido:

— Já falei com a sua secretária que não vou a Santa Marta pela Indian Airlines, entendeu? Ou me coloca na primeira classe ou vai sozinho com os meninos. — Desligou.

Foi só desligar que a sra. Rosario começou a reclamar: primeiro do calor, depois da voltagem da máquina, depois da falta de ventilação na cabine e do pouco tempo que tinha para ela, da empregada doméstica que tinha ido embora sem aviso prévio, da filha que não ficava com ela quase nunca, do trânsito da cidade, da má qualidade da água e do calor outra vez... A hora passou devagar.

Karen se perguntava por que ninguém dizia à sra. Trujillo que seu pouco peso começava a ser preocupante e que, definitivamente, não precisava emagrecer. Teve a tentação de dizê-lo, mas optou por continuar com seu emprego.

— Terminamos — disse Karen finalmente.

Então saiu para preparar a conta enquanto Rosario se vestia. Eram só cinco da tarde. Ainda faltavam três horas até poder ir embora. Apesar de insuportável, a cliente deixou dez mil pesos de gorjeta, algo que Karen reconhecia. Ao descer, viu os guarda-costas da sra. Trujillo. A fofoca das gatas dizia que era casada com um político importante. Quando Karen levou a conta ao caixa, voltou a se sentir observada. Preparava-se para subir com a conta de dona Rosario quando sua visita seguinte a interceptou com um leve toque no ombro.

— Se você estiver muito ocupada, te espero aqui na sala, faz as suas coisas com calma.

Karen deu meia-volta e se deparou com os meus olhos.

— Dona Claire, que bom te ver. Só me dê um minuto, e já desço para te atender. — Quando terminou de dizer isso, encostou por um segundo a mão no meu ombro.

Desde aquela vez que, por um golpe do destino, entrei na Casa, comecei a ir cada vez com mais frequência. Sempre procurava Karen e, se ela não podia me atender, preferia voltar outro dia a me deixar tocar por outra mulher. Ao seu lado me sentia muito à vontade. Podia estender meu corpo sobre as toalhas brancas e quentes, abandonar-me ao silêncio com os olhos fechados, me deixar levar.

Karen me contou de Sabrina e sua morte inesperada. Também falou da mãe da menina, que ela precisou interromper em pleno desabafo porque chegou o atendimento das quatro. Eu a escutava, por vício profissional ou por interesse sincero, o fato é que a escutava.

— E você acha que foi suicídio?

— Não sei.

— Você sabe de algum detalhe?

— Ela iria se encontrar com o namorado.

— Interessante. Quantos anos ele teria?

— Não sei, ela nunca me disse, mas era um jovem profissional, uns vinte e sete, trinta, não mais que isso. Trabalhava fora de Bogotá. Por que, quando a mãe me perguntou se eu sabia de alguma coisa, disse que não? Por que quando a minha chefe me fez a mesma pergunta também neguei saber de algo?

— Talvez seja algo mais intuitivo, talvez você esteja se protegendo. Ou talvez você esteja respeitando a confidencialidade de suas conversas com aquela garota. De qualquer forma, sua decisão é respeitável.

Notei que ela já iria colocar o esfoliante efervescente de caroços de azeitona que deveria deixar por seis minutos na pele. O tempo passou voando.

— Dona Claire, fique sem falar por seis minutos, até que eu tire o esfoliante.

— Fale você, então.

— Mas sobre o quê?

— Sobre o que quiser. E esqueça o *dona*, Karen, por favor.

Nesses seis minutos, Karen falou de Nixon Barros, o pai do seu filho; e também de Emiliano, de Rosario Trujillo e Karen Ardila, de suas somas e subtrações para chegar ao final do mês. Ela me falou de *Me amo*, de Ramelli, e da importância de estar alerta aos sinais dos anjos que nos acompanham. Naqueles seis minutos, soube que Karen era a protagonista de uma história que começava a se escrever na minha cabeça.

— Agora, me faz uma massagem.

— Agora? — Karen perguntou, surpresa.

"Sim", eu disse, querendo parecer natural. Não sabia que força estranha me levava a permanecer ao seu lado. Não queria ir embora. Queria continuar ali, com os olhos fechados, sentindo suas mãos e pressentindo seu afago.

— Vou perguntar se não tenho atendimento agora e faço a massagem com o maior prazer.

Quando desligou o interfone me disse: "Posso fazer a sua massagem. Quer uma calcinha descartável ou está confortável com a sua?".

— Estou bem — respondi, sentindo uma ligeira excitação. Eu me despi de costas para Karen. De qualquer forma, a cabine estava quase na penumbra. Suas mãos estavam no meu rosto e no meu pescoço. Estavam em todas as partes.

— Quer escutar o barulho de mar? — me disse.

Não consegui responder. Fingi que dormia. Karen colocou o barulho de mar no som e voltou para as minhas panturrilhas, às quais eu nunca havia dedicado nem sequer um dos meus pensamentos e que naquele momento pareciam abrigar o mundo.

— Faz exercício? — perguntou.

Sorri.

— Fui esportista por muitos anos, agora faço apenas caminhadas — falei.

Percorreu minhas pernas, meu abdômen, o cheiro de coco invadia a cabine, as ondas reverberavam contra a porta, que dava para uma realidade à qual eu não gostaria de voltar, queria ficar ali com Karen para sempre, com o seu cheiro de flores, seu sorriso de menina, sua seriedade ao falar sobre qualquer coisa. Karen falava, e eu só conseguia sentir meu corpo vivo, em compasso com o Universo, vibrante. Não me lembrava de que um dia alguém tivesse me tocado daquela maneira. Quis chorar. Então Karen pediu para eu me virar de bruços, e eu queria chorar. Eu me virei. Quando fiquei de costas, com a cabeça enterrada no buraco da maca, pude deixar as lágrimas caírem. Quanto tempo. Quanto tempo fazia que eu não tinha um contato de pele a pele. Quis abraçá-la, mas ela poderia me interpretar mal. Não era isso. Não. Essa excitação não era desejo. Nunca havia acontecido. Nunca tinha gostado de uma mulher. Era provavelmente outra coisa. Era o carinho, era a força da sua juventude, era a ternura que sua suavidade me inspirava, era essa simplicidade com que se mexia pela cabine, a nitidez do seu perfil... Não sei, não sei, mas continuei chorando em silêncio, com uma mistura de agitação, excitação e alegria que eu não sentia havia muito tempo.

7

APAGOU A LUZ E FECHOU A CABINE quando eram mais de oito horas. Tinha ficado tarde para ligar para Emiliano. Suas conversas com ele se tornavam cada vez mais um mero ritual de domingo e temia que, com o passar do tempo, ela se transformasse em uma dessas mães que um dia foram trabalhar na capital, com quem pouco a pouco não se tinha mais assunto para conversar em ligações cada vez mais curtas e esporádicas. Sua ideia inicial de se instalar e trazer Emiliano em poucos meses não tinha dado certo. Esses poucos meses já tinham se passado. Pensou que nesse dia só tinha recebido onze mil pesos de gorjeta, alguns dias eram vinte mil ou mais, mas em outros não recebia nada. Também ficava incomodada que dessem a ela notas de mil pesos, se sentia ofendida, porque eram as mesmas mãos que davam esmolas para os mendigos na rua no mesmo valor.

Poucas vezes o dia tinha uma sequência seguida de clientes, uma atrás da outra. Quase sempre eram "as gatas", como dizia Susana, inventando todos os tipos de fofoca e olhando as mesmas revistas de beleza e de famosos, várias vezes, nas horas mortas em que não havia clientela. Então comentavam as dietas dos famosos, os acessórios dessa ou daquela atriz na entrega dos prêmios de TV e de novela, os casos de amor de uma modelo local com algum empresário. Ainda que Karen também gostasse de olhar as revistas, os comentários mal-intencionados de algumas de suas companheiras a cansavam. Por isso preferia os dias nos quais apenas conseguia respirar entre uma cliente e outra. As horas ociosas eram essas em que ficava melancólica e acabava se perguntando para onde iria sua vida enquanto Deisy lia para as outras funcionárias sobre a dieta do pepino.

Ao chegar ao quarto, olharia quanto dinheiro tinha. Já não conseguia se lembrar se chegava ao milhão completo, mas estava perto. Voltou a pensar em se arriscar a trazer Emiliano com esse dinheiro, por que não? O mais caro era pagar alguém para cuidar dele. Bem, e ter um bom teto, porque o lugar onde estava não era o melhor. Karen fantasiava com um bairro onde Emiliano pudesse ficar brincando até tarde com outras crianças da vizinhança sem se preocupar. Tinha que se informar melhor sobre quanto as coisas custavam. Tinha que fazer um orçamento mais preciso. Tinha que se movimentar.

Já havia passado a hora de pico. Não teve que esperar mais do que dez minutos na estação. Uma vez dentro, mesmo sem ter nenhum assento livre, também não se sentia como uma sardinha em lata. No horário da manhã, a viagem era sempre um horror. As pessoas se roçavam umas nas outras irritadas e quase sempre a coisa terminava em briga, sem mencionar as carteiras, os telefones e as joias que desapareciam no meio da massa ou os acidentes daqueles que saltavam as grades para não pagar a passagem, além das pisadas e dos hematomas que ficavam depois de alguns trajetos no serviço de transporte público.

Calculou que depois de cinco estações poderia se sentar. Não errou. Na quarta, depois de passar por Héroes, rua 76, rua 72 e Flores, conseguiu uma cadeira vazia perto da janela. Encostou a cabeça sobre o vidro embaçado e se deixou embalar pelo barulho do motor. De vez em quando abria os olhos para observar onde estava. As casas daquela área faziam com que sonhasse com dias melhores. Embora

Karen não soubesse, aquelas casas magníficas que via pela janela, transformadas em lugares de compra e venda, prostíbulos e mercado clandestino de autopeças, foram casas de veraneio de famílias ricas cinquenta ou sessenta anos antes. Acreditava que sua vida seria mais simples se pudesse morar por essas bandas. Mais acima da avenida Caracas, claro, não em cima dos postos de *mariachis* e das uisque-rias. Perto da estação Marly, por exemplo, onde havia uma loja Éxito, grande, para comprar o material escolar de Emiliano quando chegasse o momento. Consumiria apenas comida saudável, nada de fritura, só coisas boas, fruta, iogurte, queijo, coisas que alimentassem e o fizessem crescer saudável, pensou. Sentiu uma coceira na nádega. Os ônibus estavam cheios de pulgas. "Na praia não tem pulga, mas tem barata", pensou. "Pulgas malucas."

Agora sua mãe mal respondia quando Karen perguntava se o menino comia bem, se era obediente, se estavam controlando o horário de ver televisão. "Tente se preocupar com você mesma, filha", dizia e evitava uma conversa. Tinha que diminuir o fogo da panela do guisado, ou recolher a roupa que tinha lavado, ou ver a novela, ou dar banho no tio. Sempre a mesma coisa.

Se tivesse algum dinheiro, pensou Karen, contrataria uma enfermeira para ajudar sua mãe para que não tivesse que se encarregar do cocô e da urina do tio o tempo inteiro. Além do mais, o homem estava cada dia pior. De vez em quando perdia o controle ou se esquecia ou sabe-se lá o que acontecia que às vezes acabava fazendo as necessidades nas calças; "vontade de matar", dizia sua mãe, e Karen custava a acreditar que fosse verdade. Lembrava quando seu tio ainda passava o dia contando histórias. Entre as que mais gostava de repetir, estava aquela de uma papagaia que ele tratava "como uma filha".

O fato é que levava a papagaia a todos os lugares, nas suas andanças até a casa lotérica, para jogar dominó, tomar café. Era a relação mais estável e duradoura que o tio já teve. Ao menos foi assim até um belo dia em que alguém atropelou a ave.

Essa história não tinha testemunhas, o que a fazia ainda mais duvidosa, mais sinistra. Ninguém nunca viu a papagaia sendo atropelada. E o mais estranho é que a rua era de terra e raras vezes um carro passava por ela. Era um bairro de motos.

O fato é que naquela noite, quando ele voltou do trabalho na agência de correio, eles se sentaram para comer. Karen não se lembra disso, porque tinha apenas três ou quatro anos e não devia estar sentada à mesa. Comeram quase em silêncio, como todas as noites, com o barulho do rádio ao fundo. O tio gostou tanto da sopa que pediu para repetir. Acabando o segundo prato, perguntou à irmã: "De que é a sopa, que está tão saborosa?". E Yolanda, a mãe de Karen, respondeu sem vacilar: "Da papagaia Sarita". O tio primeiro riu, mas, ao ver que ela continuava comendo séria, se levantou em seguida e foi procurar a papagaia por toda a casa, sem conseguir encontrar.

Naquela noite ele vomitou até o amanhecer, e, logo após o ocorrido, várias semanas se passaram sem que os irmãos se falassem. Quando Karen perguntou à mãe por que havia feito aquilo, ela disse: "A papagaia estava morta, o que você queria que eu fizesse, jogasse no lixo? Nem se fôssemos ricos". Ainda que não se lembrasse da cena, podia lembrar a pergunta e a resposta da mãe. Apesar de sua idade, Karen sabia que tinha sido uma atitude cruel e que tinha causado um dano irreversível ao tio. Desde então, o homem repetia a história quase diariamente, e pouco depois vieram as narrações de partidas de futebol, como se sua cabeça já não quisesse mais estar ali, naquela casa, entre aquelas mulheres. A resposta da mãe também ficou gravada em Karen, porque foi a primeira vez que alguém disse a ela que não eram ricos. Antes disso, nunca havia se perguntado sobre a situação deles, mas isso não fazia com que saber fosse menos triste.

Yolanda Valdés não tinha outra escolha a não ser limpar a merda do irmão, dar-lhe a papinha e o banho como a um filho, porque dinheiro para interná-lo num asilo não tinha, e para pagar uma enfermeira menos ainda, tampouco para ter uma empregada doméstica. Na verdade, a empregada doméstica acabava sendo ela que, em troca de teto e alimentação, tinha que se humilhar servindo o irmão como uma escrava. O velho, apesar de sua demência, de vez quando lembrava que a casa era sua e era com o seu dinheiro que os gastos eram cobertos.

Karen sabia, a mãe já tinha dito, que sua maior desgraça foi parir uma menina, porque "os machos fazem o que dá vontade, por outro lado as meninas são obrigação nossa". Tinha treze anos quando a escutou dizer isso, Karen recorda. Desde então se perguntava, cada vez que conhecia uma mulher, se realmente fazia o que queria ou se era por obrigação. Perguntava-se, também, se era obrigação da sua mãe cuidar do tio ou se era uma cruz que ela tinha escolhido carregar. Não imaginava o que a mãe faria se não tivesse tantas razões para se queixar. Sua mãe era a personificação de uma forma de infelicidade — era a infelicidade tal qual.

Desde que Emiliano nasceu, Karen sentia que a mãe gostava mais do menino que dela. Talvez porque visse nele uma possibilidade de transformar a história, mudar as coisas. Sua mãe, como sua avó, tinha a frustração de não ter um homem que representasse os Valdés. Mas também havia outro motivo: a decepção que a mãe tivera com ela. Primeiro porque Karen não quis aproveitar sua beleza e, depois, por engravidar de "um negro morto de fome", como descrevia Nixon. Yolanda Valdés foi avó com trinta e seis anos e se sentiu mais bem preparada para ser mãe do que quando teve Karen aos dezesseis, e sem dúvida não se sentiu avó, ou ao menos não quis fazer esse papel.

Já estavam próximos ao Pró-Família. Alguém disse que faziam aborto ali, que era uma clínica boa, na qual as operações eram feitas por médicos profissionais e nas melhores condições de higiene. "Mas isso também não era ilegal?", perguntou-se Karen. Claro que sim, era ilegal, mas ali faziam caso alguém procurasse pelo serviço. Ela estaria ficando louca? Como o tio Juan? Talvez fossem as conversas que pescava por acaso a toda hora, no ônibus, na estação, na rua, na Casa. Talvez tenha escutado quando uma menina dizia isso à outra, talvez passando por esse lugar, vai saber. Essa parte da cidade também era bonita. As casas debaixo da Caracas, esquina com a 39, eram as mais lindas que já tinha visto na cidade. Havia algumas em estilo inglês, com musgo nas paredes e janelinhas quadradas que deixavam adivinhar uma lareira quentinha, um chocolate feito a fogo brando e até *marshmallows* derretidos pelo calor. É claro que a maioria dessas casas infelizmente não era de família. Tinham se tornado fundações, lojas. As pessoas não moravam nelas por causa da falta de segurança. Nesta cidade, ninguém podia ficar parado entre a rua e a casa. Tinham que colocar obstáculos, tinham que colocar limites, barreiras de proteção. Um zelador ou vários, uma grade, talvez eletrificada, um cachorro bravo, enfim, tinha que ser um idiota para ficar assim, como bucha de canhão. Não. E ninguém acendia uma lareira por trás das paredes dessas casas de janelinhas quadradas e musgo subindo pelas paredes, agora não mais. E se em Cartagena tivesse tido um Pró-Família e uma amiga sua tivesse falado disso a ela? E se ela não tivesse ficado tão abobalhada por Nixon? E se não sentisse o temor a Deus que haviam enfiado na sua cabeça? E se tivesse dito algo para alguém? E, então, tomar pílulas anticoncepcionais não era quase o mesmo que fazer um aborto? Não eram ambas maneiras de evitar uma vida antes que fosse isso, uma vida? Para que uma vida se ninguém a quer? Sentiu-se envergonhada de si mesma por ter pensado algo assim. "A vida não é dada ou tirada por alguém, só Deus a dá ou a tira", pensou, repetindo essa frase feita e escutada cem vezes enquanto o gordo de barba liberava o assento ao lado e nele se acomodava uma menina grávida de no máximo dezesseis anos e com no mínimo sete meses de gestação. A menina fazia o gesto de se sentar e de repente ficava suspensa no ar, com a bunda a uns vinte centímetros de distância do assento da cadeira. Karen já tinha visto que em Bogotá todo mundo tinha esse costume. De fato, quem não deixava a cadeira esfriar do calor do corpo que acabava de abandonar o espaço passava por mal-educado. Suspensa no ar por sete, dez segundos, a moça esperou que o calor das nádegas do barbudo desaparecesse. Susana tinha explicado a ela que se fazia isso para que uma pessoa não ficasse com os humores de outra.

A moça sentou-se. Karen espiou de esguelha, porque não se atrevia a olhá-la de frente. Sem um fio condutor que a levasse até ali, pensou em mim. Pensou que eu era diferente da maioria de suas clientes. Parecia uma mulher livre, em paz com a vida. Ela queria ser assim na minha idade, me disse dias mais tarde. Se tivesse sido rica, teria gostado de ser uma mulher rica como eu, não como dona Rosario Trujillo. Então não se importaria de ser do sexo feminino, "porque, para os ricos, homem ou mulher, tudo vai igualmente bem. Ou não igualmente, mas quase", disse.

A menina grávida comia a pele das unhas, tão roídas que já estavam no sabugo. O cabelo era pura oleosidade, e a expressão, de medo. Karen teve vontade de falar com a moça, ainda que fosse para distraí-la daquilo que a preocupava tanto.

— Quantos meses?

— Sete.

— Para outubro?

— Sim, senhora, começo do mês.

— E o pai está muito feliz?

— Sim, senhora, estava.

— E agora não?

— Não, agora não porque está morto.

Então os olhos da moça se encheram d'água. Karen também não dizia nada, mas agora, sim, a olhava de frente, como se quisesse hipnotizá-la ou dizer algo que não sabia colocar em palavras. A menina voltou a levar os dedos à boca, e Karen, com delicadeza mas com um gesto firme, retirou a mão da menina da boca e a colocou sobre a sua perna. E a deixou ali, quieta, com sua mão descansando sobre a dela. E assim ficaram na parada da rua 22, não muito longe de onde começava a rua do Pecado, com as prostitutas saindo das residências com fachadas de ladrilho, como banheiros enormes, com um fedor intenso de detergente misturado com sêmen, urina e àlcool, perto do La Piscina, com seu letreiro de néon. Lá, mulheres se despiam, dançavam e esfregavam o traseiro contra o rosto de algum jovem executivo em sua despedida de solteiro, enquanto acariciavam os mamilos uma da outra em troca de alguma grana debaixo de uma luz branca e brilhante.

As ruas dos *mariachis* nas quais Karen nunca esteve ficaram para trás, como também nunca havia estado em um bar nem em uma discoteca da cidade em toda a sua vida.

Cada vez mais aqui e ali apareciam casas com janelas quebradas, migrantes, indigentes, travestis, prostitutas velhas, gordas, meninas, doentes. Por outro lado, em La Piscina só ia gente de dinheiro. Karen tinha escutado que a garrafa de uísque custava meio milhão de pesos. Naturalmente, era verdade que tratavam as meninas bem, com certeza não permitiam que ninguém batesse nelas ou as infectasse com alguma dessas doenças asquerosas. Suas pálpebras caíam de sono, mas, como o ônibus parou, levantou a cabeça para ver onde estavam. A menina grávida havia descido, e um homem mais velho ocupava seu lugar. O estômago de Karen roncou, e ela tentou lembrar o que tinha comido no almoço. Perguntou-se se teria algo para comer no quarto. Tinha que ir ao mercado. Talvez no domingo. Já estava tarde, só queria se enfiar debaixo das cobertas. Suas panturrilhas doíam, os braços, os tendões das mãos. Só estava a nove pontos de casa. Quando o homem desceu, entrou uma mulher da idade de Karen. Era bonita, falava ao celular com uma voz ansiosa. "Mas, mãe, é minha filha", dizia, "é minha filha", "é minha filha", como que repetindo um mantra. Karen fechou os olhos. O ônibus cheirava a sujeira. Uma mistura de suor, cabelo, patchuli, marmita e cigarro. Karen queria não escutar sua vizinha de banco. Teve medo. Então fechou os olhos outra vez, mas quis fazer contas. Tratou de se concentrar. Tinha começado a mandar para sua mãe cerca de trezentos mil pesos por mês, o que era pouco. Mas tinha que fazer as contas melhor, não era possível que famílias inteiras vivessem com um salário mínimo e, mesmo ela ganhando um terço a mais, não conseguisse. Quando havia acabado de chegar a Bogotá, Maryuri lhe dissera: "É que você é uma pobre ruim, não sabe pechinchar". E talvez fosse verdade. Karen sentia que não era apenas uma pobre ruim; talvez não havia sido feita para aquela vida. Sua mãe debochava, dizia que ela se achava superior. Não era isso. Apenas tinha uma melancolia grudada no corpo desde pequena que não saía de jeito nenhum. Quem sabe tinha herdado isso do pai. Achava que deveria se parecer com o pai, porque com a mãe não se parecia. Tinha puxado da mãe o corpo robusto, o pescoço comprido, os lábios volumosos e os olhos grandes, mas não sua alegria, não sua gritaria, nem sua falação, nem seu amor pela dança, a aguardente e o rum. Sua mãe costumava dizer que tinha faltado uma "fervida" a mais em Karen. Como quando o arroz fica um pouco duro, ou o espaguete, algo assim, "talvez porque você saiu da panela antes de estar bem cozida", dizia dona Yolanda, "talvez tenha sido por isso que você saiu seca, com alma andina".

Voltou a olhar. Não tinham passado da parada Fucha, e o velho que estava a seu lado cabeceava de um lado para o outro, como um cachorrinho pendurado no retrovisor do táxi. Quando deixou de cabecear, parecia muito confortável com a cabeça no ombro de Karen. "Mas quem esse atrevido pensa que é?", pensou, chateada. Espirrou, e pouco depois pararam na estação Restrepo, onde sempre tinha barulho e movimento. Por um motivo ou por outro, o sujeito acordou, fez cara de idiota, esfregou os olhos e, mesmo não pedindo desculpas, endireitou a cabeça e a manteve firme até a estação Olaya. Karen voltou para as contas. Tinha que recontar o dinheiro que havia debaixo do colchão. Estava melhor lá do que numa conta bancária. Quem sabe uma colega poderia explicar a ela como era o sistema com as escolas e ajudar a procurar alguém para cuidar do menino. Os colégios públicos não serviam para nada. Deisy tinha uma filhinha de nove anos matriculada em um deles e ainda não sabia ler nem escrever. "Que pecado", pensou Karen. Mas para pagar uma escola privada já era outra grana. Jamais poderia pagar.

Talvez pudesse trazer Emiliano no Natal. Haviam lhe falado da iluminação do Parque Nacional. Também havia umas cabras que faziam o caminho para ver as luzes. Teria que conseguir um ventilador para Emiliano, o ideal seria o de teto, igual a um branco que tinham em casa e que ela às vezes temia que caísse em cima deles e os esmagasse no meio da noite. Karen se lembra das primeiras noites em Bogotá. O frio moía seus ossos, mas mesmo assim não conseguia dormir; sentia falta do ventilador de teto, seu barulho para embalar, o vento.

O trajeto começava a parecer interminável. Queria chegar, contar dinheiro, listar as contas e, no dia seguinte, começar com as somas e as subtrações; queria que fosse Natal, queria trazer Emiliano, queria sentir o calor das suas mãos, queria abraçá-lo, queria dormir agarrada ao seu bebê como nos velhos tempos, queria acordá-lo com uma *arepa* de ovo fresquinha e uma salsicha de vitela de café da manhã com leite e um bolo de milho, queria ver a carinha dele ao subir no ônibus Transmilênio, ao ver a extensão da cidade saindo de Monserrate, aonde ela nunca havia ido, mas que tinham dito que era bonito.

Olhou o relógio, eram quase nove. Estava enganada? Em vez de ter entrado no expresso, entrou no tradicional, que parava em todas as estações. Por isso ia tão vazio. "*Arepa* de ovo", pensou, mais com o estômago que com a cabeça. Karen não entendia o que viam na bendita *almojábana*. Um pão seco e sem sabor que deixava a língua pastosa. "Um pão leitoso e adocicado, como os moradores de Bogotá", pensou. O estômago respondeu com um ronco tão estrondoso que o rapaz sentado ao seu lado levantou as sobrancelhas.

— Quer um brioche?

— Quê? — perguntou Karen.

— Tenho meio brioche na bolsa se você quiser.

— Obrigada — disse, envergonhada.

O rapaz tinha um sotaque do Vale do Cauca. Tirou um saco de papel, abriu com cuidado e deu a ela. "Melhor brioche que *almojábana*", pensou Karen. "Sim, já consegui comprar o cinto esta semana. Ainda não, mas um colega me emprestou duas gravatas. Sim, senhora. Sim, claro. Não se preocupe, que já andei olhando e com o próximo pagamento compro uma nova e devolvo a emprestada", dizia o rapaz ao telefone. Karen estava tão envolvida com a conversa, que quase perdeu sua parada. O brioche tinha um recheio que ela devorou com duas mordidas. Perguntou-se se Emiliano teria alguma vez na sua vida provado um brioche. Se aprendesse desde pequeno a comer *almojábana*, talvez pegasse gosto. "Seria engraçado ter que comprar *almojábana* para o café", pensou, e sorriu para si mesma. O menino crescia à base de fritura, água de coco e canjica. Ai, como sentia falta de uma canjica fresquinha no fim do dia. Essa era a comida de cadeira de balanço por excelência. No quintal, bem fresquinha, em copo de plástico. Ah, e os doces de tamarindo tão gostosos que sua mãe fazia.

Na sua casa só havia utensílios de plástico, e nunca compravam guardanapos. "Para que serve?", dizia dona Yolanda. Na pia tinha sabão El Rey para tirar a gordura das frituras depois de cada refeição. Karen pensou que talvez por isso suas mãos fossem ressecadas. Ali, em vez de um carrinho vendendo canjica, o que a acordava era o barulho dos alto-falantes de motos com a panela cheia de pamonhas: "Sim, nós temos, temos pamonhas de mil e de dois mil. Sigam-me, sigam-me, temos pamonhas", e Karen despertava incomodada, porque mesmo aos domingos, às sete da manhã, já surgia a gritaria, no único dia em que as pessoas podiam descansar até tarde. "Sigam-me?", Karen se perguntava ainda acordando, "mas, se era uma moto que vendia, como alguém poderia segui-la?", e colocava o travesseiro sobre a cabeça. O ônibus estava parado quando Karen viu a plaquinha SANTA LUCÍA. Desceu rapidamente e deu um sorriso para o cobrador, que ele não chegou a ver.

Uma das vantagens de morar onde morava era que a casa estava a apenas três quarteirões da estação. Tirando uma ou outra lâmpada quebrada ou queimada, a rua era iluminada, assim todos os fios de eletricidade estavam para fora como tripas caídas de animais mortos. Percorreu tranquila o primeiro quarteirão sem notar nada de estranho, mas em seguida escutou a patrulha policial e, assim que dobrou na estrada 19, junto à pousada Brisas del Sur, deu de cara com um tumulto. Uns quinze táxis bloqueavam a rua, e em volta de um deles o local estava isolado. Do outro lado da rua um corpo era colocado numa ambulância. Um ou outro curioso apontava na rua e espiava a cena. Os taxistas gritavam "matem ele!", "matem ele!" e jogavam pedras nas janelas de uma das casas da rua, enquanto a polícia tentava controlá-los. Chamava a atenção de Karen que em Bogotá as pessoas só se juntassem na rua quando havia algum morto, um assalto, um acidente. De resto, ninguém saía da própria casa. Ao contrário, no litoral as pessoas colocavam as cadeiras de praia na rua, tiravam o toca-discos de dentro de casa, botavam um bom *vallenato* para tocar e brindavam o vizinho com uma Costeñita ou uma Águila bem gelada, enquanto passavam a tarde escutando os ritmos dançantes.

— O que está acontecendo? — perguntou a um velhinho de pijama.

— Atiraram num taxista para roubar. Querem linchar o ladrão, que se escondeu nessa casa.

Quando atravessou para entrar na rua 20, Karen viu um tanque do batalhão de choque. Em menos de três minutos estava tentando abrir a porta de casa, o batimento cardíaco acelerado e a mão trêmula. As bombas de gás estrondavam nos seus ouvidos. Levantou o olhar e pareceu ver uma luz acesa no seu apartamento. Quando olhou para baixo para empurrar a porta, um gato preto roçou seus pés. Ficou seguindo o gato com o olhar, quando uma pressão em seu ombro a fez se virar. Era um drogado, de calças arriadas e cabelo em pé.

— Vizinha, como você está essa noite, além de linda como uma estrela de cinema? — disse, mostrando um sorriso sem dentes e com hálito de maconha.

Karen o olhou por um segundo, deu um sorriso acanhado e voltou à fechadura da porta.

— Mas qual é a pressa, princesa? — insistiu ele, alongando a última sílaba.

Nesse momento, Karen notou que ele olhava para cima, justo quando a luz do seu quarto se acendia e apagava de forma intermitente.

— O que está acontecendo lá em cima? — perguntou. Sua voz estava trêmula, e ela sentia que o medo a vencia. O cara puxou uma faca e a colocou na sua garganta.

— Nada que a gente tenha que contar. A senhora se comporte e vai ver que tudo vai terminar bem.

Karen ficou paralisada, com um nó na garganta e os olhos banhados em lágrimas. Alguém estava no seu quarto ou acabara de sair ou algo assim. Então, notou a bolsa que o rapaz levava pendurada no ombro e se perguntou se suas coisas estariam dentro. Enchendo-se de coragem, entrou na casa enquanto o cara estava perdido na escuridão. No primeiro andar não se escutava nenhum barulho, as luzes estavam apagadas. Os donos do lugar, que alugavam os outros três apartamentos, viviam atrás de uma porta com grade dupla e fechada com três cadeados. No pátio estava Muñeco, o cachorro deles. Na primeira parte da casa, moravam uma mulher e uma menina de uns dez anos. No segundo andar, onde Karen ficava, havia outro apartamento, ocupado pela família de um policial, com sua esposa e um bebê de colo. Karen subiu a escada logo que pôde e encontrou a fechadura arrebentada, a porta aberta, a roupa no chão, o espelho quebrado em dois, a foto de Emiliano jogada no chão e a Virgem Maria sem a cabeça. A televisão e o rádio haviam sido levados, assim como a correntinha de ouro que o tio Juan lhe tinha dado de presente e a medalha do Menino Jesus. Mas ela não viu esses detalhes, só pensava na cama, para a qual se dirigiu desesperada. Visto de longe, tudo parecia estar em ordem. O colchão estava no lugar, o lençol, tal como ela havia deixado de manhã. Não fosse pelo espelho, pela imagem de Nossa Senhora e pela roupa, poderia se dizer que nada havia acontecido. A xícara de café estava na pia, cheia até metade, do mesmo jeito que ela tinha deixado antes de sair. As migalhas de pão na mesa da cozinha. A toalha estendida sobre a cabeceira da cama e, no entanto, ao levantar o colchão descobriu que faltava a única coisa que não poderia faltar, a única coisa que importava, que fazia diferença para ela, para sua vida e a de seu filho, o que justificava o fato de ela viver naquela cidade.

O envelope pardo tamanho A4 no qual guardava suas economias dos últimos oito meses tinha desaparecido. Karen procurou em todo o quarto, como se o envelope pudesse ter mudado sozinho de lugar. Procurou nas gavetas do banheiro, entre as panelas, nas gavetas da mesa de cabeceira, no armário, inclusive na lixeira. Repetiu a busca nos mesmos lugares várias vezes, como se algo no seu cérebro lhe desse a instrução de continuar a fazer as mesmas ações, quantas vezes fossem necessárias, de modo a não aceitar que o dinheiro havia desaparecido e não tinha volta.

8

Ao ESCUTAR O TELEFONE, Ramelli esticou a perna, e o que havia restado na garrafa de uísque caiu no assoalho. "Venha já para minha casa, meu irmão, é uma emergência, com presunto incluído", disse Diazgranados. Desligou. Ao se levantar, Eduardo voltou a esbarrar na garrafa, em seguida tropeçou enquanto, ainda meio bêbado, tentava colocar o sapato. Foi aí que Lucía apareceu na sala para perguntar aonde iria àquela hora da madrugada.

— Um amigo está com sérios problemas e precisa da minha ajuda, depois te conto.

Um pouco depois, Lucía recolheria as guimbas de cigarro, limparia a casa e tomaria uma decisão, deixando o registro escrito no calendário da cozinha, de não voltar a deixar ninguém fumar em sua casa. Era a manhã de 23 de julho.

Encontraram-se no supermercado 24 horas que ficava na rua 63. Diazgranados usava um moletom azul-celeste e óculos de sol. Eram cinco da manhã. Conversaram por cerca de sete minutos. Ramelli teve a ideia de comprar o Tryptanol. Sabia que em grandes doses o remédio poderia causar parada respiratória. A intenção era evitar o Instituto Médico-Legal. Se conseguissem uma certidão de óbito verossímil, poderiam se livrar de uma autópsia. Compraram o remédio. Ramelli ficou com a tarefa de vestir Sabrina adequadamente, limpá-la e conseguir um taxista de confiança para levá-la ao hospital San Blas. Uma vez que ela chegasse ali, eles teriam a ajuda do dr. Venegas, que devia mais de um favor aos dois, para fazer o registro e a certidão de óbito: "Paciente com parada cardiorrespiratória por overdose de antidepressivo tricíclico", escreveria dr. Venegas algumas horas mais tarde. A evidência: a cartela de Tryptanol vazia no bolso do casaco de Sabrina Guzmán e o depoimento do taxista, que corroborava a tese do médico como a conclusão da encenação.

— A certidão de Venegas vai nos custar alguns milhões — disse Aníbal a Ramelli enquanto empurrava o carrinho de supermercado com mamão papaia, abacaxi, leite de amêndoas e uma caixa de cereal.

— Temos um crime para resolver e você está fazendo mercado? — perguntou Ramelli.

— Mas olhe as coisas que estou colocando no carrinho, não enche o saco. Preste bem atenção. Você está vendo um salame, um pacote de linguiça, uma paleta de cordeiro, manteiga, feijão, vinho ou xerez?

Ramelli se aproximou do carrinho e voltou a olhar para o colega.

— Isso faz parte da criação de pistas falsas; se perguntarem ao caixa e ele contar o que comprei, ninguém vai pensar que sou eu — disse, antes de soltar uma gargalhada.

— Que idiota — falou Ramelli sem vontade de sorrir.

— Meu amigo, sorria, sorria e tente relaxar, porque agora você vai ter que dar banho e vestir uma morta — completou Aníbal, dando uma palmadinha nas costas do amigo.

— Você parece o poderoso chefão — respondeu Ramelli. — Mentira, está parecendo mais Pablo Escobar com esse moletom horroroso.

— Quanto o taxista vai nos custar? — acrescentou Diazgranados enquanto arrumava as compras sem prestar atenção na provocação.

— Dez milhões — disse Ramelli.

— Que filho da puta! — respondeu Diazgranados. — Isso é o que eles ganham em nove meses.

— Você tem outra ideia?

— Não — mentiu Diazgranados. — Teremos que ficar de olho nele — concluiu. — Para que não faça nenhuma merda. E de onde você tirou esse cara?

— Tranquilo, é um sujeito confiável — respondeu Ramelli.

Despediram-se em frente ao freezer das carnes. Apesar de suas teorias, Diazgranados não pôde evitar levar uma bandeja de costelas que estava na promoção. Cada um foi pagar em um caixa diferente. Nem por um segundo Ramelli se perguntou por que um cara que tinha ligações com a milícia, que carregava mortos nas costas e tinha acesso aos melhores matadores estava colocando justo ele nessa situação. Exatamente ele, que na vida inteira só havia cometido um crime e cujo maior delito tinha sido lavar dinheiro por meio de uma entidade prestadora de serviços para desfalcar o Estado, tudo sob a influência de seu novo melhor amigo.

Diazgranados andava ansioso. O aumento da sua paranoia era proporcional ao seu apetite. Já sendo um homem obeso, aqueles que o conheciam só o tinham visto aumentar de tamanho nos últimos meses. Comia quatro ovos no café da manhã, meio quilo de queijo, uma jarra de suco e três xícaras de café. Às onze da manhã já estava mandando os seus empregados trazerem uma *arepa* com queijo, um folheado de doce de leite, uma empanada de frango, um pastel de carne, uns bolinhos de aipim. Quando Ramelli se confessou com Karen, disse que o que mais o impressionava em tudo era a forma de comer de Aníbal.

— Me dá medo — admitiu.

— Mas você não tem medo por ele ser um assassino, um criminoso? — perguntou Karen.

— Não. Tenho medo e nojo quando vejo que ele come assim.

9

Karen foi até o banheiro, assoou o nariz, jogou uma água gelada no rosto e ligou para pedir para ficar na casa de Maryuri, com quem trabalhou quando tinha acabado de chegar a Bogotá. A colega a acolheu, não sem antes adiantar que o espaço era muito pequeno. Wílmer fazia o turno da noite e quase sempre chegava do trabalho às cinco da madrugada. Karen explicou que não seriam mais do que três ou quatro dias, e o choro acabou cortando sua voz. Colocou sua roupa na mala do jeito que deu e ainda tentou descer os degraus fazendo o mínimo de barulho, mas o proprietário a deteve na escada e tapou sua boca enquanto a arrastava de volta ao seu quarto. Karen tentou pedir ajuda, mas a mão peluda sufocava seus gritos. Certamente tinha sido ele que roubara tudo e, não satisfeito com isso, ficaria com o depósito de quatrocentos mil pesos que tinha cobrado a ela na chegada. Sem contar que estava tocando seus seios por cima da blusa enquanto mordia seu pescoço, e Karen se sentiu uma idiota por não ter notado nada de estranho quando, na manhã desse mesmo dia, viu o rapaz das calças arriadas que a interceptou na porta falando com o proprietário na esquina.

O homem a jogou na cama e deu uns tapas tão fortes no seu rosto, que deixaram suas bochechas vermelhas, uma delas com um pequeno corte por causa de um anel de ouro cravejado de pedras que ele usava na mão direita. Ao estapeá-la, soltou a boca de Karen e ela gritou enquanto ele enfiava com raiva o pau inchado dentro dela, como se estivesse excitado com os berros.

Tudo havia se passado tão rápido... Karen já não gritava, não piscava, não respirava, não entendia o que estava acontecendo nem sequer se estava acontecendo alguma coisa na realidade, até que a dor ficou tão intensa que não tinha como fugir. Uma sensação de sufoco na garganta a impedia de voltar a gritar ou pelo menos tentar. Os olhos desse homem tinham ficado enfiados no seu estômago como uma facada.

O proprietário sempre pareceu ser mal-educado. Além de desagradável e ter as unhas sebosas, cheirava a queijo rançoso. Karen achava que sabia perceber quando um homem a desejava. No entanto, dessa vez tinha falhado. Até aquele dia, ele havia se mostrado não mais que amável, bastante indiferente à sua presença. Talvez não a desejasse de fato. Só queria destruí-la. Ou talvez a única coisa que lhe interessava fosse prejudicá-la até o ponto de evitar que ela movesse uma ação contra ele. O estupro como trâmite burocrático.

A sensação de uma presença no quarto fez com que ela se virasse. Foi então que, por cima da cabeça do proprietário, Karen conseguiu ver dona Clara apoiada no batente da porta. Alguma coisa ele notou, porque também se virou e viu sua mulher observando a cena com uma careta estranha.

— Ai, meu filho, coitada da moça, deixa ela em paz.

— Porra, Clara, agora que eu estava terminando! — exclamou mal-humorado, deixando de fora o pau meio mole e se vestindo com rapidez.

— Faz o favor de ir embora, ouviu? — disse a Karen, como se ela tivesse culpa do que acabava de acontecer. — E você, mulher, se não descer em dez minutos, vou subir para te buscar.

A mulher se aproximou de Karen, que soluçava em posição fetal, tentando se cobrir.

— Entre no banho e tire essa vergonha de dentro. Imunda — disse.

Karen obedeceu. Uma sensação profunda de desalento invadia todo o seu corpo. Até mesmo segurar o sabonete parecia uma tarefa difícil. Em qualquer outra situação, teria odiado a cumplicidade da velha com o marido estuprador, mas naquele momento só podia agradecer por ter alguém para dizer a ela o que fazer.

— Vou pedir um táxi para você, para que não pegue um agora na rua e te cobrem muito caro — falou. — Quando alguém é mau, é mau.

Karen havia deixado de soluçar, mas não podia falar. As mãos tremiam, sentia calafrios na espinha.

Essa cena voltaria à sua cabeça insistentemente ao longo de anos. O anúncio que dizia "Aluga-se espaço para mulher solteira" era um convite para roubá-la, humilhá-la e deixá-la ir sem nada nas mãos. Karen deixou o abajur. A cama e a mesa não eram dela, mas a luminária lhe custara 30 mil pesos, e ela gostava da peça. Alguns dias se passariam até que ela sentisse a presença da raiva em todo o corpo. Naquele momento era só dor, medo, fragilidade. O dia tinha sido uma vida; desde o velório de Sabrina Guzmán até o estupro, dez horas tinham se passado.

Só iria me contar o que aconteceu muito depois, quando ela já não era a mesma pessoa que conheci numa tarde de abril na Casa da Beleza. A mulher do proprietário deu ao taxista o endereço que Karen havia anotado num pedaço de papel.

— Dona Clara, por quê? — foi tudo o que ela conseguiu dizer.

— O que você está fazendo, morando sozinha como uma qualquer? Quem mandou? — respondeu, fechando a porta do táxi. Antes de dar meia-volta, completou: — É melhor não voltarmos a saber de você, para o bem de todos.

— Para San Mateo, Soacha, por favor.

— Sim, meu amor. A tia já me deu o endereço. Ainda bem que são mais de onze da noite, senão não chegaríamos neste ano.

Karen se encostou na janela e se deixou levar pelo balanço do carro. No rádio, música de Chico Trujillo, e, com cada verso, sentia crescer o desconforto no estômago:

Teus beijos
Toda a minha vida,
teus beijos são
Meu mundo inteiro
Teus beijos são
(teus beijos são)
são como doces
(doces!)
Me fazem ir ao céu
(ao céu)
Me fazem falar com Deus.

— Moço, você pode parar um pouco?

— Claro que sim — responde o taxista, encostando.

Karen abre a porta e vomita na calçada. O taxista pega uma flanela e pergunta:

— Estou correndo muito para a senhora?

— Não, não é isso — responde Karen e fecha os olhos. — Vamos embora, por favor.

10

DE VEZ EM QUANDO KAREN aparecia nos meus sonhos abruptamente.
A perturbação que sua presença me causava não era apenas por conta da sua juventude. Da sua beleza. Eu não podia suportar a ideia de
que fosse algo mais profundo, algo como desejo, apetite carnal. Talvez porque não tenha certeza de já ter sentido algo parecido, talvez
também porque, mesmo que o sentisse, não saberia reconhecê-lo,
treinada, como estive desde sempre, para amar homens. Também
não sei se Karen, essa espécie de negra com cabelo liso e nariz de
branca, essa mulher descontraída, natural até quase parecer agressiva num mundo onde nem as flores crescem no jardim, era realmente
o motivo do meu embaraço e do que podemos chamar de meu desejo. Não sei se posso explicar isso pelo simples fato de estar enve-
lhecendo. No fim, envelhecemos sempre, desde o dia em que somos
jogados neste mundo, e, no entanto, leva muito tempo para termos
consciência disso.

Ao entrar na Casa, senti que meu cabelo cheirava a ar envene-
nado e decidi fazer uma hena. De cor borgonha, expliquei a Nubia.

Pouco a pouco ia me acostumando às lembranças que me assaltavam de repente, nítidas, vorazes, indiferentes à minha história

recente, de nostalgia implacável. Minha mãe me jogando pó de arroz na penteadeira na casa que tínhamos nas ilhas, um amante me beijando na praia sob a lua cheia, eu sentada nas pernas do meu pai sentindo a loção Jean Marie Farina no seu queixo pontudo recém-barbeado, o nascimento de Aline, seu primeiro dia no colégio, meu corpo nu depois de uma jornada de amor incansável, meu corpo que já não é mais o que foi, esse corpo que era eu e que já não sou eu, esse corpo que me deixou perdida, órfã de mim mesma, embora saudável, diria Lucía, que tem essa capacidade invejável de ver sempre o melhor lado das coisas; não posso dizer que me sinto doente, nem mesmo fora de mim, abandonada, substituída por outra que não conheço nem quero conhecer, na minha nostalgia constante pela que está ausente. Aonde você foi? Tento, mas essas ideias de quem sofre, de quem se permite inundar pela saudade, se vão assim que começo a escutar a água escorrer e me abandono às mãos de Nubia, que estão sobre a minha cabeça.

As portas da Casa da Beleza se abrem para mim, e dentro há esse silêncio mergulhado numa mistura de perfumes caros, água de rosas, óleos e xampu. "Quero ficar aqui", penso, enquanto volto a inventar qualquer desculpa para uma nova massagem, outra depilação, mesmo que os pelos não tenham crescido o suficiente, outra cor de cabelo, isso, outra cor de cabelo, e me abandonar nos braços de Nubia, que me passa xampu com delicadeza, quase com carinho, acaricia o meu couro cabeludo enquanto invento uma lembrança na qual a minha mãe lavava a minha cabeça com xampu de camomila cantarolando uma música em francês.

— A senhora virou uma de nossas melhores clientes — diz Anne, sua boca de cereja me parecendo cada vez mais voluptuosa e tentadora. Sorri. "Tem cílios postiços", penso, e aquilo que há alguns meses me parecia vulgar nela agora acho atraente. Provocativo. Sorrio de volta. Já não quero abandonar essa terra de mulheres com modos refinados. Quero ficar aqui para sempre.

80 *Melba Escobar*

— Gostaria de conhecer o nosso passaporte? — fala com sua voz suave, enquanto suas mãos femininas se movem com elegância.

— Um passaporte?

— Oferecemos às nossas melhores clientes. Inclui tratamentos para a pele, o corpo, o cabelo, tratamentos de limpeza, rejuvenescimento, relaxamento, hidratação, entre outros. Levando em conta que a senhora vem de uma a três vezes por semana, poderia ser vantajoso. Para mulheres como a senhora, a Casa da Beleza é um lar, e queremos que se sinta assim, como se estivesse em casa. Teria interesse em fazer o pacote?

11

SUA FILHA JÁ ESTAVA ENTERRADA havia três semanas quando acordou suando frio. No sonho, Sabrina chorava e tinha o corpo machucado.

Quando recuperou o ritmo da respiração, Consuelo Paredes ligou para o ex-marido. Não queria saber se eram três da manhã. Do outro lado, o celular de Jorge Guzmán tocou sem resposta até cair na caixa postal. Desde a morte da filha, ele não se importava com mais nada. Sua segunda mulher, com quem tinha uma menina de quase um mês, estava furiosa. Desde a morte de Sabrina, seu marido negligenciava a empresa e mal dirigia a palavra a ela e à bebê.

Quando o telefone começou a tocar pela segunda vez, foi a esposa quem acordou. Jorge roncava ruidosamente, deitado com a roupa e os sapatos. Ela tinha dormido antes de notá-lo chegar, perto da meia-noite:

— Meu bem, o telefone — disse, empurrando-o.

Impaciente, tapou o nariz do marido com o indicador e polegar. Em seguida, Jorge abriu os olhos e se ajeitou na cama. A mulher deu o telefone a ele.

— Jorge, é você?

— O que foi? Que horas são?

Do outro lado, Consuelo havia voltado a chorar.

— É Sabrina. Tive um sonho. Ela chorava, tinha apanhado, Jorge, e chorava.

— Um sonho? Você não entende que ela está morta? — disse Jorge com uma voz de moribundo.

— Me promete uma coisa, só uma — respondeu Consuelo entre soluços.

— O que você quer?

— Que você vá comigo amanhã na Promotoria. Você acredita mesmo que ela se suicidou? Eles nem sequer fizeram uma autópsia. Como podem ter certeza? Para onde foi que a levaram? Aonde ela foi naquela noite? Quero saber a verdade.

— O que Sabrina disse? — perguntou Jorge.

— Quando?

— No sonho, Consuelo, onde mais?

— Dizia: "Eu não queria morrer, mamãe, não queria, me desculpe por ter ido, desculpe…".

— Afinal, você falou com a esteticista?

— Sim. Não me disse nada, mas alguma coisa ela deve saber. Bom, me disse, sim, perguntou por que não tínhamos feito uma autópsia.

Depois de um longo silêncio, Jorge falou:

— Te pego às oito.

12

Alguma coisa aprendemos lendo manuais. Mas, quando temos pouca prática e lidamos pouco ou nada com casos reais, eles podem dar o bote sem percebermos. Ou não queremos perceber. Agora ficou claro para mim que Karen nunca mais foi a mesma depois daquela noite em que saiu com a vida enfiada em uma mala no táxi que a levaria de Santa Lucía a San Mateo.

Dois minutos ou menos são suficientes para mudar tudo. Eu deveria ter imaginado. No nosso encontro seguinte, depois do casamento da filha do ministro, notei que ela estava ausente, distraída. Passou óleo em mim duas vezes e abria e fechava a porta da cabine, ligava e desligava o interfone. Por um momento cheguei a acreditar que o fazia intencionalmente para me fazer rir, algo como uma cena de Chaplin, mas logo notei suas olheiras profundas, a opacidade de seu olhar, sua magreza.

— Você tem comido direito? — perguntei.

— Mais ou menos — respondeu.

Seu sorriso estava estático, como o do Coringa, um sorriso que não correspondia à expressão do rosto, muito menos ao que quer que estivesse pensando.

— E tem dormido bem?

— Quem se importa com isso, dona Claire? — respondeu.

Senti que ela tinha se irritado. Em seguida notei que usava uma maquiagem mais carregada. Dessa vez tinha os lábios pintados num tom de cereja, como os da recepcionista. Usava um lápis muito forte nos olhos, blush e rímel.

— Tenho me sentido estranha ultimamente — disse.

E nesse momento notei um corte no seu braço, como essas feridas que alguns pacientes se autoinfligem depois de passar por eventos traumáticos.

— O que está acontecendo, Karen?

— Deixa pra lá... O que uma mulher da minha idade quer morando sozinha além de procurar problema...

— Do que você está falando, mulher?

— De um problema que tive com o proprietário do lugar onde morava; ele me obrigou, mas, também, eu não deveria andar com uma roupa tão justa — disse e ficou quieta. — Além do mais, uma mulher não tem por que morar só, como uma qualquer — completou, como se estivesse repetindo uma lição.

— Não sei o que aconteceu, Karen, mas, seja lá o que for, você não pode se culpar — falei.

— Eu sinto minha garganta fechar, dona Claire. Me dá uma palpitação, às vezes fico assim, como se estivesse fora de controle, e às vezes é como se alguém me tirasse o ar...

— Posso te receitar um ansiolítico. Mas me diz uma coisa: aconteceu algo grave?

— Não preciso de uma psicóloga — respondeu secamente.

— E de uma amiga?

— Eu e a senhora não somos amigas — disse. — Eu não deveria ter começado a falar de mim. Fecho a sua conta?

Peguei a mão dela e notei que a pele estava ressecada. Virei a palma para observar melhor.

— Agora vai verificar também se estou limpa, como dona Josefina? — disse se afastando.

— Não é isso, é que você está com a pele muito ressecada.

— Tenho que tomar banho muitas vezes, não consigo ficar limpa.

— Karen, você vai precisar de ajuda.

— Com todo o respeito, dona Claire, a única coisa de que eu preciso é trazer Emiliano de Cartagena e seguir com a minha vida.

— Parece uma boa ideia, acho que você tem razão.

— A senhora diz isso porque não sabe o que está acontecendo.

— Não sei porque você não me conta. Mas confio em você. Acho que você é uma boa mulher e saberá fazer o que é certo.

— Fala comigo como se eu fosse uma idiota — disse Karen bruscamente. — Só porque é médica não quer dizer que eu sou estúpida.

Eu desconhecia nela essa hostilidade. Era como se algo, ou alguém, tivesse abduzido a verdadeira Karen para deixar aquela no lugar.

— Nunca mais nada vai ser como era antes — disse. E em seguida soltou um soluço, mas se conteve. — Se eu pudesse só dormir — confessou.

— Posso te dar um remédio para dormir.

Karen não respondeu, mas ficou me olhando como se estivesse esperando o meu próximo movimento. Procurei na minha bolsa e dei a ela uma caixa de Zolpidem que uma representante farmacêutica havia me deixado.

— Esse é um sonífero, tome um comprimido antes de dormir.

Karen guardou a caixa no bolso da bata e saiu para fazer a conta.

Quando eu já estava lá embaixo, na recepção, enquanto pagava, Karen se aproximou e me disse:

— As imagens do que aconteceu aparecem a toda hora na minha cabeça… O remédio pode tirar isso de mim?

— Acho que você precisa de terapia.

— Não tenho tempo nem dinheiro.

— Eu posso te ajudar — insisti.

— Só quero tirar esse filme da minha cabeça.

— E o que acontece? O que acontece no filme?

Karen fica calada. Seu olhar voltou a se perder lá longe.

— Talvez com a ajuda de Deus — disse e voltou a ficar em silêncio.

— Você já sabe que pode contar comigo — reiterei. Paguei a conta e fui embora.

Semanas depois, as peças do quebra-cabeça começaram a se encaixar. Estava demonstrado que as mulheres vítimas de abuso sexual costumam ficar muito alertas diante de qualquer estímulo que lhes evoque o ocorrido, adotando um comportamento evasivo, defensivo ou com um embotamento dos sentidos, anestesiadas emocionalmente, sem motivação e, muitas vezes, com ideias suicidas. Para Karen, a ideia de voltar para casa sozinha no meio da escuridão produzia uma espécie de pavor, razão pela qual preferia ter companhia à noite, passá-la na rua ou nos braços de quem quer que fosse para não ter de enfrentar isso sozinha.

13

Mas não era apenas Luis Armando que fedia a bebida. Era o quarto na penumbra, a cocaína espalhada na mesa, o som gutural que fazia a cada segundo, como se tentasse comer um sapo, a fúria com a qual sacudia a cabeça, a insistência com que passava a língua nos lábios várias vezes, o ruído seco da sua mordida, a rispidez com que coçava o nariz até ficar vermelho, até sangrar, sem parar de sorrir.

Recebeu-a com um beijo agressivo, que feriu sua boca até sair sangue. Sabrina quis reclamar, quis dizer que ele a tinha machucado e que não gostava disso, mas então se lembrou de sua mãe dizendo "Se você não tem nada de bom para dizer, é melhor ficar calada"; assim, preferiu se calar e deixá-lo continuar, deixar que ele servisse a ela um copo de uísque e a forçasse a tomá-lo, deixar que ele pegasse um pouco de cocaína e passasse nas suas gengivas, colocando os dedos obscenamente na sua boca, deixar que arrancasse a blusa branca de colegial, deixar que revirasse a mochila que ela levara procurando sabe-se lá o que e espalhasse sua roupa pelo quarto.

Sabrina começara a achar que ter ido até ali havia sido um erro, mas o tempo para pensar já tinha passado. Sua cabeça estava entorpecida, o corpo apenas respondia. Sentia-se fraca, tinha medo, mas esse costume que tinha de obedecer, de agradar, de nunca contrariar, era isso ou o medo, isso ou a dor, a tristeza ou o que fosse, que a impedia de se mexer e a mantinha como uma estátua no meio da penumbra, estática, exceto pelo coração a ponto de pular. O homem que estava diante dela era um príncipe encantado, assim ela havia pensado por muito tempo; tinha composto a personalidade dele levada por um devaneio e baseada em três saídas e algumas ligações telefônicas. Era filho de um congressista, dissera a ela que a amava, ela então não iria sair correndo como uma menina só porque o lábio estava sangrando, só porque tinha um pouco de cocaína na mesa, ela é que era boba, tinha imaginado uma música romântica ao fundo, a garrafa de champanhe e uns balões ou rosas ou ambos na cama e flutuando pelo quarto, que deveria cheirar a tudo, menos a bebida, mas sua mãe já havia falado: "O casamento é uma cruz. Não é fácil", dizia. "Não é simples, o amor não é simples". O que ela achava? Que tudo era Disney? Que tudo eram rosas e coraçõezinhos? Não, só porque ele não acariciava o rosto dela como havia feito outras vezes, só porque ele estava um pouco alterado, ela não iria sair correndo como a garotinha que já não era e nunca mais seria.

14

A necropsia feita em Sabrina Guzmán Paredes mostra altas doses de cocaína no corpo, algo que levaria a apostar numa morte por overdose. Foram encontradas pequenas hemorragias (petéquias) na conjuntiva do olho. Percebem-se hematomas aparentes intramusculares no pescoço e petéquias no tórax, o que, segundo os especialistas, são sinais comuns de morte por asfixia, mas não chegam a ser conclusivos por causa do estado de decomposição do cadáver.

Por outro lado, o exame toxicológico declarou que no corpo de Sabrina Guzmán Paredes foi encontrada uma quantidade de cocaína de 2 ppm (partes por milhão), assim como benzoilecgonina. As doses são muito altas, pois no corpo de um consumidor habitual os níveis são de 0,1 a 0,5 ppm; acima de 1, podem causar convulsões e outros efeitos colaterais.

Embora o exame dê como possível causa da morte a parada respiratória ocasionada por intoxicação pela cocaína, a possibilidade de que o falecimento tenha sido causado por um quadro de violência física segue em aberto.

No entanto, por terem se passado mais de dez dias e se tratar de um corpo exumado, não é possível estabelecer a causa das contusões e das petéquias presentes no corpo. Portanto, não se pode concluir se foi um estupro ou uma relação sexual consensual, tampouco estabelecer se foi um caso de violência física ou se foi um acidente que causou as contusões detectadas. Foram encontrados resíduos de sêmen no corpo da vítima.

Por último, a opinião do Instituto Médico-Legal descarta a possibilidade de que Sabrina Guzmán Paredes fosse uma consumidora habitual de cocaína, já que não foram encontrados indícios de consumo continuado. Não há resíduos de amitriptilina no corpo que validem o uso de Tryptanol como causador da morte.

Pelo estado do cadáver, não é possível determinar se havia escoriações na epiderme.

A conclusão do patologista é que a determinação sobre a causa da morte fica a critério das autoridades, uma vez esclarecidos os demais elementos no curso da investigação. O caso passa para as mãos da Promotoria. Assinado no dia 3 do mês de agosto.

15

A igreja de Santo Agostinho é uma das poucas relíquias do século
XVII. Desci alguns quarteirões antes por causa do desfile de caminhonetes, guarda-costas e polícia. Acho que fui a única entre os setecentos convidados que chegou de táxi.

Quis fugir, mas era tarde demais. Os cantos gregorianos que vinham da igreja me atraíram. Apertei o passo e desviei o olhar quando
topei com a perna coberta de feridas de um indigente com um tumor
ulcerado na barriga. Do seguinte foi mais difícil me esquivar, porque
bati de frente com ele. Era um velho choroso, com cheiro de urina
e a mão estendida para mim. Confesso que foi aí que procurei na
memória qual havia sido a última vez em que estive no Centro, mas
não consegui me lembrar.

O convite dizia que a cerimônia católica seria realizada por
meio do rito religioso que remonta ao Concílio Ecumênico de Tren-
to, quando o idioma oficial da missa ainda era o latim. Acomodei-me
onde dava, bem a tempo de ver a noiva entrar de braço dado com o
senhor ministro, com um majestoso vestido bordado com strass em
um tecido branco, tão longo, que chamava atenção sobre o tapete
vermelho que ligava a rua obscura ao altar celestial. Tudo era estra-

nho, e, mesmo assim, era impossível não se sentir impressionado com o cheiro dos jasmins, dos lírios e crisântemos e com a delicadeza das orquídeas sob a luz de mil velas brancas, enquanto começava a tocar a *Suíte nº 2* de Händel.

Para poder realizar a cerimônia em latim, com o padre de costas para os fiéis, tiveram que pedir uma permissão especial para a Conferência Episcopal da Colômbia. Isso sairia no jornal do dia seguinte; logo ao abri-lo estariam as fotos do casamento com uma crônica bem detalhada do que aconteceu na noite. Não era preciso, no entanto, ter lido o jornal para compreender que uma cerimônia de duas horas, com o sacerdote olhando o santíssimo no altar, é um gesto próprio de um jurista que se declara temente à Virgem, que dedica todos os esforços para abolir o aborto sob qualquer circunstância e se opõe à homossexualidade como se se tratasse de uma heresia. Também leria no dia seguinte que os ornamentos e cálices do século XVII foram emprestados pelo mesmíssimo bispo como forma de apreço aos noivos.

Para onde quer que dirigisse o olhar havia um ministro, um juiz, um congressista. Em meio a esse excesso de poder, busquei algum rosto conhecido. Não vi ninguém.

Eu me irritei quando o cardeal leu uma mensagem pessoal do papa para os noivos. E, quando criticou o casamento homossexual diante de todo o poder político de uma nação que se declara laica, me senti contrariada.

Escutei o sacerdote dizer "os pérfidos judeus", pouco antes de escutar a *Missa da Coroação*, de Mozart. "Por acaso Mozart não era protestante?", pensei comigo mesma. Fechei os olhos e senti o cheiro dos jasmins. Não queria estar ali. Se escutava algo, ficava incomodada, mas, quando conseguia deixar de lado o conteúdo e me limitava a aproveitar o cenário, escutar a música, sentir o cheiro das flores, a suntuosidade da igreja, a beleza dos candelabros, então me sentia invadida por uma placidez alegre e leve.

Minhas mãos suavam, meu coração palpitava mais rápido e sentia um abatimento que nem a *Ave Maria*, de Schubert, nem a *Gloria in Excelsis* podiam aliviar.

O Deus no qual não acredito deve ter se apiedado de mim, porque, contra todos os meus temores, a missa chegou ao final sem que ninguém se ferisse. A noiva saía num desfile longo enquanto das primeiras fileiras lhe jogavam pétalas de rosas. Tinha que esperar que os demais saíssem para que eu pudesse fazê-lo. No meio do tumulto vi o rosto de Lucía Estrada, e foi como se um náufrago encontrasse um tronco que o levaria até a margem. Abri caminho em meio à multidão para alcançá-la e consegui detê-la agarrando-a pelo braço, já quase na porta da igreja.

— Lucía!

— Claire, querida! — disse, dando meia-volta com um sorriso. — Esperava tudo, menos encontrar você por aqui.

— Eu sei, posso dizer o mesmo de você. Não é horrível? Pensei que iria morrer — disse.

— Sobrevivemos — ela completou.

Ramelli estava mais adiante, acompanhado por Aníbal Diazgranados, sua mulher e um de seus filhos. Com um gesto, disse a Lucía que se apressasse.

— Quer carona? — perguntou Lucía.

— Não sei, não estou muito animada para ir à festa.

— Então te deixamos no caminho. Você está sem carro?

— Sim, isso seria ótimo; não gosto da ideia de ficar aqui no meio da rua a esta hora da noite. Tem certeza de que tem lugar para mim? — perguntei ao ver que Ramelli e a família Diazgranados entravam no carro.

— Tem espaço de sobra — insistiu Lucía.

— Está bem.

Decidi que depois de tanto esforço o mais lógico seria passar pela recepção e ao menos falar com os pais da noiva na fila de cumprimentos. No carro da frente foram o motorista de Diazgranados, sua mulher, seu filho e Lucía.

— Se você não se importa, vai no que está atrás, disse Lucía.

Não pude evitar dar uma espiada lá dentro. Queria ver a cara do filho de um dos políticos mais questionados e poderosos do país. Sorri, o rapaz sorriu de volta. Diferentemente do pai, tinha traços finos, o queixo quadrado e as pernas compridas.

Quis saber o nome dele, mas me pareceu atrevimento perguntar justo naquele momento, quando me esperavam para ir embora. Eu me apressei para entrar no segundo carro, com Eduardo como copiloto. Atrás, comigo, estava Aníbal Diazgranados, que eu nunca havia visto tão de perto. Seu rosto me era familiar, porque já o vira nos noticiários, mas não havia sentido a proximidade do seu hálito pesado nem seu olhar lascivo sobre o meu decote.

— Ramelli, meu irmão, deixe de ser mal-educado e me diga quem é esta charmosa estrela de outono.

Ramelli virou-se para me encontrar apertada junto à janela, com o rosto absorto na rua, enquanto Aníbal me devorava com o olhar. Quase notei no seu rosto um sorriso irônico.

— Congressista, te apresento Claire Dalvard, psicanalista de grande reputação, formada pela Sorbonne.

— Merdaaaa, não brinca, que corpo, doutora!

— Claire, muito prazer — disse, estendendo a mão para cumprimentá-lo e observando com desagrado como ele a segurava entre as suas e a beijava com afetação.

— Claro, já escutei falar muito sobre você.

— Tudo o que possam ter lhe dito é mentira — disse Aníbal. — e me diz uma coisa, linda, quanto custa uma hora contigo?

— Se quiser, te dou o telefone do meu consultório, devo ter um cartão aqui.

— Coloque um *vallenato*, porque este carro parece um velório — falou para o motorista, guardando o cartão no bolso.

— Com certeza, doutor.

Que eu te perdoe, que te perdoe
como se eu fosse um corno santo
olha o meu rosto e vê: eu sou um homem
e não é para andar espalhando perdão

— Meu filho Luizinho adora essa música — disse Diazgranados gritando o refrão.

Na rua Cem com a Sétima, ele passou por cima das minhas pernas para pegar uma garrafinha de prata que estava debaixo do assento do copiloto.

— Tome uma dose, meu amigo — disse a Ramelli, que aceitou obediente.

— Doutora?

— Não, obrigada. Posso perguntar uma coisa?

— Claro, doutora — falou Diazgranados.

— Você tem um filho que trabalha em uma petroleira?

— Isso mesmo. Como é que você sabe?

— Pela minha filha, Aline — menti.

Voltei a me inclinar para a janela. Já estávamos chegando.

— Compadre, vamos ao Sincerejo na segunda? — Aníbal indagou a Ramelli, como se não tivesse dado importância à minha pergunta.

— Sim, sim, vou contigo — respondeu Ramelli.

— É que o mestre aqui, além de esperto, se saiu um bom negociante.

— Ah, é?

— Conte a Claire os negócios que você faz na área de saúde — Aníbal ironizou, tomando outro gole.

Ramelli estava visivelmente contrariado.

— Estamos mais na região litorânea, sabe? Não temos muita presença em Bogotá.

— Mas estão trabalhando com que segmento da área de saúde?

— Bom, temos entrada no hospital San Blas.

— Não sei como conseguem fazer tantas coisas — comentei, evasiva.

— Nem eu — respondeu Ramelli, enquanto Aníbal cantarolava uma música de Jorge Oñate.

— Parece que agora, sim, estamos chegando. Vai me dar parabéns pelo meu aniversário? — perguntou Diazgranados.

— É hoje?

— Claro, hoje, 14 de agosto. Sou Leão. O signo do poder. Além disso, sou um homem bem apaixonado — acrescentou num tom de voz mais baixo.

— Eu não acredito nessas coisas — disse.

Abri minha bolsa para me olhar no espelhinho do pó compacto e retocar o batom.

— Ficou linda — soltou Aníbal, que já começava a me irritar.

O homem sacudia a garrafa em direção à boca sem sucesso, como se quisesse espremer a últimas gotas de uísque. Enquanto isso, a procissão de carros e o pessoal do apoio na entrada do Country Club começava a complicar o trânsito. Eu não via a hora de fugir. "Talvez pudesse tomar pelo menos um drinque com Lucía", pensei ingenuamente, sem saber quanto ainda demoraríamos para chegar ao salão onde se daria a recepção.

— Quer o último gole? — perguntou Diazgranados. — Cruz Salud convida. Não é verdade, Ramelli? — completou com uma gargalhada estridente.

— Quem diria que a saúde seria um bom negócio, não é? — eu disse com sarcasmo.

— Ai, doutora, por favor, não vai me dizer que você não tinha percebido — respondeu Diazgranados.

Desci assim que pude, quase pulei do carro. Havia um tapete azul, coberto por um toldo branco, que simulava um túnel por onde os convidados faziam o trajeto do estacionamento até a festa. A noite estava excepcionalmente clara por causa da lua cheia. Uma série de fotógrafos seguia os recém-chegados disparando seus flashes. Para os VIPs, havia um cenário com luzes profissionais onde eles posavam para "o álbum dos noivos". Passando rente ao toldo em formato de túnel e tentando não ser notada, avancei o máximo que pude, escapando dos fotógrafos. Um pequeno grupo rodeava o ministro e sua esposa.

— Claire, querida, obrigada por ter vindo! — disse a esposa do ministro.

Nós nos abraçamos entre flashes e olhares.

— Ficou tudo muito bonito.

— Obrigada. Sim, minha filha é muito religiosa, queríamos agradar a noiva.

O senhor ministro se aproximou para me cumprimentar.

— Então você é a famosa Claire.

— O famoso aqui é o senhor, ministro.

— Estamos tentando abrir um espaço na agenda para programar uma consulta, mas estamos sem tempo — desculpou-se.

A frase no plural me surpreendeu.

— Vão vir os dois? — perguntei. — Não costumo fazer terapia de casal.

— Pois é, mas as inquietudes da minha mulher são também as minhas, então, se ela quer falar com uma terapeuta, o que posso fazer é apoiá-la acompanhando.

Procurei com o olhar minha amiga das Beneditinas, que sorria com um semblante opaco. Observei o crucifixo de ouro incrustado de diamantes pendurado no seu pescoço e dei dois passos para o lado para dar espaço aos convidados que vinham atrás na fila de cumprimentos. Quis me despedir de Lucía, mas ela já havia sumido no meio das pessoas. Dei meia-volta e andei até a entrada do clube, onde conseguiram um táxi que me levaria de volta para casa. Já estava indo embora quando dei de cara com a mulher de Diazgranados.

— Nós nos conhecemos? — falei.

— Sim — respondeu. — Da Casa da Beleza, costumo ir muito lá. Se não me engano, somos atendidas pela mesma moça.

— Karen? — perguntei.

— Essa mesma — me respondeu Rosario Trujillo antes de me pedir licença, se afastar e parar a uns três passos do marido.

16

ERAM MAIS DE TRÊS HORAS DA MANHÃ. O lugar estava praticamente vazio. Restavam apenas um ou outro bêbado, uma modelo brincando com o microfone no palco, a banda de Jorge Celedón recolhendo os instrumentos e Diazgranados bebendo os restos dos drinques que sobraram na mesa. Claire nem sequer havia entrado na recepção e Lucía tinha ido embora, não se sabia em que momento nem com quem.

Nessa noite, Eduardo se sentia só. Parecia que todos ao seu redor tinham o amor da vida como par na festa, justo quando ele começava a aceitar que Lucía não o amava mais. Não queria voltar sozinho para casa, ligar a televisão num canal pornô e se masturbar até sentir sono. Decidiu ligar para Gloria, mas ela não atendeu. Tinha que fazer reserva com antecedência, especialmente no fim de semana. Então se lembrou de que ela havia deixado o número da agência. Procurou o cartão na sua carteira e ligou. Pegou o paletó do terno e saiu para procurar seu carro.

Antes de sair, Karen tinha colocado lingerie de renda preta, blusa de cetim sem manga e saltos.

Passou batom cor de cereja e fez uma maquiagem preta carregada nos olhos. Susana mesma escolheu a roupa e deu a ela algumas recomendações para o seu primeiro encontro no serviço de acompanhante. Tudo havia acontecido inesperadamente. Susana respondeu às suas perguntas e propôs que Karen começasse fazendo um teste com alguns clientes para ver como se sentiria. Em troca, Karen daria a ela uma comissão. Caso se sentisse à vontade, Susana a apresentaria formalmente para a agência para que entrasse no catálogo. Se as coisas caminhassem bem, as duas poderiam conseguir muitos clientes e se tornar independentes mais adiante. Os números eram tentadores. Além disso, explicou a amiga, trabalhando alguns anos e juntando dinheiro, teria o suficiente para comprar uma casa. No fim das contas, não custava nada tentar. A agência ligou para Susana para dizer que tinha um cliente procurando por Gloria. Como ela não estava disponível, poderiam enviar outra. Era a situação perfeita. Com dois, no máximo três clientes, poderia recuperar o dinheiro que tinha economizado por oito meses.

Os edifícios de New Hope são mais largos do que altos. E talvez por essa combinação e por terem sido construídos numa meia-lua que no centro abriga um jardim e pedrinhas cinzas, por onde passa um riacho tão artificial quanto a grama sintética, o azul dos vidros e o barulho de uma cascata caindo no meio do falso jardim que simula um campo de golfe, talvez por isso qualquer pessoa que passe pela avenida Cincunvalar fique impressionada ao ver essa construção extraterrestre numa paisagem verde, onde os edifícios são feitos de tijolos vermelhos, a cor característica de Bogotá. Karen achou o lugar lindo.

— Qual o seu nome, por favor? — perguntou o porteiro.

— Pocahontas.

— Pocahontas de quê?

— Só Pocahontas.

O porteiro dirigiu a ela uma olhar incrédulo. Tinha um microfone sem fio e usava um uniforme azul royal que faziam dele um porteiro diferente de todos os que ela já havia visto.

— Desculpe, senhorita, mas preciso ver sua identidade. São as regras da administração.

Karen corou. Sentia-se uma idiota. "Pocahontas", disse a si mesma abrindo a carteira e tirando sua identidade. Ele olhou, observou o documento e anotou a informação num caderno, assim como a hora de chegada.

Seguindo as indicações, saiu num jardim japonês iluminado por uma tênue luz azulada. Tirou os saltos para não fazer muito barulho ao caminhar pela plataforma de madeira que atravessava o jardim de um bloco ao outro. Na entrada, uma ampla recepção com móveis grandes e esculturas de mármore a esperava. Desta vez foi uma mulher com uniforme preto que pediu sua identidade e voltou a anotar a hora da entrada antes de, por um monitor digital, pedir que chamassem o elevador. Tinha sido tão estúpido dizer que era Pocahontas, tão infantil. Karen não parava de se censurar pelo deslize. Caso percebessem alguma irregularidade, poderiam informar à agência.

Sentindo-se um lixo, pegou o elevador do meio e fechou os olhos. Voltou a abri-los e viu o jardim japonês; mais abaixo, a cidade. Estava nervosa e tentava conter o tremor das mãos. O elevador parou, as portas se abriram e, do outro lado, encontrou Eduardo Ramelli. Usava um roupão de banho branco. Estava descalço. Deu um sorriso calmo, e por um segundo Karen não sentiu tanto medo. De qualquer forma estava surpresa. Por um lado, decepcionada em saber que o mestre contratava esse tipo de serviço; por outro, aliviada, porque supunha que o cliente não a machucaria. Tentou sorrir enquanto entrava no apartamento, esforçando-se para aparentar naturalidade.

— Bebe alguma coisa? — ele perguntou, tirando a jaqueta dela.

— Por favor — respondeu, notando que ele não a havia reconhecido.

Ramelli serviu uma bebida cor de madeira num copo largo, que ela bebeu em goles generosos.

Ele olhava para ela entre curioso e divertido.

— Você é nova na profissão?

— Sim, senhor — disse, colocando o copo vazio sobre a mesa.

— Esqueça o "senhor". Eu não te conheço?

—Acho difícil — mentiu Karen.

Recebeu-a em uma sala de móveis brancos. Karen não queria se sentar por medo de sujá-los. De qualquer forma, Eduardo não pediu para ela se sentar. Pediu para tomar um banho antes de ir para cama e entregou uma barra fechada de sabão bactericida. Em seguida, mostrou a ela um roupão e uns chinelos descartáveis que poderia usar ao sair da ducha.

No quarto, tudo era branco. A cama *king size* ficava em frente a uma lareira de mármore embutida na parede. Do lado esquerdo, por uma janela que ia do chão ao teto, a vista de Bogotá invadia o quarto.

O conhaque fizera efeito. A cabeça começava a girar, e Karen se sentia levemente anestesiada. Primeiro, foi ele quem começou a tocá-la, mas logo ela continuou. É verdade que no começo sentiu um pouco de nojo. A sensação na boca lhe desagradava, mais ainda quando teve que engolir para não engasgar. Mas, no final das contas, seu cliente foi amável e em menos de uma hora ela já estaria em outro táxi, em direção ao apartamento de Susana.

— Você tem uma beleza exótica — disse Ramelli. — Gostaria de te ver de novo — completou, contando as notas já na porta.

— Me liga — disse Karen com intimidade e já mais relaxada, enquanto recebia o dinheiro e o guardava na bolsa.

— Para onde vamos, senhorita? — perguntou o taxista. Segundo a ficha de identificação, chamava-se Floriberto Calvo.

— Rua 60 com a Décima — disse Karen, sentindo um alívio enorme por não ter que dizer que ia para San Mateo, Soacha, Santa Lucía ou Corintio.

O rádio estava sintonizado no noticiário *Alerta Bogotá*, da emissora La Cariñosa. A inconfundível voz retumbante no Chevrolet Spark:

Alerta, Bogotá! Inacreditável! Porque pensou que colocavam os chifres nele, trabalhador da construção civil mata sua mulher com vinte facadas em Bosa.

Extra, extra! Um bêbado ateou fogo em um sargento de polícia em Kennedy porque ele pediu para fechar a quadra de shuffleboard.

Inacreditável! Na zona boêmia de Bogotá, um homem matou o porteiro que o impediu de entrar na boate.

Karen tentou dormir, mas com essas notícias era impossível.

— Desculpe, será que podemos escutar outra coisa?

— Claro, meu amor — respondeu Floriberto e logo sintonizou outras notícias.

Karen gostava da voz que apresentava *Alerta*. Também escutavam muito esse programa na praia, mas não tinha vontade de ouvir como as pessoas se matavam. Sua cabeça doía.

A maioria dos bebês que nasceram em centros de saúde no ano passado na Costa Atlântica apareceu relatada como associada da EPS *Caprecom. Foram encontradas irregularidades em cerca de vinte Entidades Prestadoras de Serviços de Saúde (*EPSs*) nas regiões do país em que o grupo de investigações da Controladoria faz avanços, e um informe público será divulgado em meados do próximo mês. A estimativa para a data é que o desfalque na área de saúde chegue a três bilhões de pesos. A Controladoria encontrou inconsistências no uso dos recursos da saúde dos mais pobres em mais de cem municípios do território. Só em Cartagena, mais de dez pessoas mortas aparecem como associadas, sem contar os cerca de três mil pacientes clonados...*

Karen acabou dormindo. Por isso não escutou quando mencionaram que a Cruz Salud constava na lista das EPSs que estavam sendo investigadas. De todo modo, não teria feito a conexão com Ramelli, menos ainda com os seiscentos mil pesos que tinha guardados na bolsa.

***

Depois de abandonar a casa de Santa Lucía, Karen passou uma noite em San Mateo, na casa de Maryuri, dormindo num colchonete no corredor. Havia chegado à meia-noite, enquanto Wílmer trabalhava e a menina dormia. Maryuri estava cansada demais para escutá-la. Viviam numa área coberta de poeira, onde se tinha acesso a um apartamento de quarenta e cinco metros quadrados num condomínio fechado, com piscina, salão comunitário e parque para as crianças. As grades cobriam todas as janelas, e os cacos de vidro reforçavam os telhados. Maryuri estava casada havia dois anos. Sua filhinha faria um ano nos próximos dias e Karen foi convidada para a festa.

Maryuri pegou um colchonete para a amiga e o deixou atravessado no meio da sala de jantar, onde estava também a geladeira. A cozinha era apenas um balcão com um fogão e uma pequena máquina de lavar louça. Karen deitou-se no chão, que cheirava a fruta podre. Teve um sono entrecortado e agitado. Levantou-se duas vezes para vomitar. Escutou Wílmer chegar de madrugada. Sentiu que ele se aproximou e abaixou a coberta para ver quem estava ali. Ela fechou os olhos, fingiu uma respiração tranquila. Karen se lembrava do queixo quadrado, os ombros largos, o cabelo cheio, a pele morena e os olhos grandes e verdes de Wílmer, com pestanas longas e olhar nervoso.

Quando ele se aproximou, Karen conseguiu sentir o seu cheiro de cigarro, suor, chuva e gasolina. Quis abraçá-lo, mas se conteve. Além disso, ele achava que ela estava dormindo.

Uma hora depois, o despertador tocou. Em seguida vieram os passos de Maryuri, os gritos, o cheiro de café, as exclamações da bebê enquanto a mãe lhe dava um ovo. Karen sentia que tudo se passava em cima dela, e aquele cheiro de manhã e aqueles sons de família a reconfortaram por um momento, até que se lembrou. Outra vez sentiu uma grande melancolia. Maryuri acariciou sua cabeça e deu um beijo em sua testa depois de deixar a louça na máquina.

— Você ainda está com olheiras, durma um pouquinho mais; vou levar a bebê para a creche e depois vou trabalhar. Vou pedir para Willy te levar ao trabalho.

17

Wílmer levou Karen até a Casa da Beleza só porque Maryuri pediu. Pela janela, Karen viu a cidade mais feia do que nunca. No estacionamento havia outros táxis.

— Me dê um toque pelo celular para eu guardar seu número — pediu Wílmer.

Karen obedeceu. Pegou o celular e digitou o número que Wílmer falou. Logo escutaram o aparelho tocar.

— Agora grave o meu número. Eu já tenho o seu — disse em tom autoritário.

— E pra que você quer o meu telefone? — perguntou Karen.

— Pra que seria? — disse secamente. Olhou-a de cima a baixo e não disse nada. Nesse momento, Karen quis que ele lhe telefonasse. Quando chegaram, viu que ele havia ligado o taxímetro. — Já sabe, você me deve trinta e seis mil pesos — foi a última coisa que disse.

Karen saiu do táxi pensando que teria que pedir abrigo a outra pessoa e sair aquela noite mesmo de San Mateo. Logo que chegou, trancou-se no banheiro. Pegou uma lâmina de barbear e fez um corte minúsculo no calcanhar. Depois vomitou, mesmo tendo comido apenas meia *arepa* no café da manhã, colocou o uniforme e entrou na cabine.

Nesse mesmo dia, por volta das três da tarde, o interfone tocou. Era Susana perguntando a Karen se ela estava livre: "Posso subir para comermos juntas? Só dez minutinhos". E foi o que aconteceu. Chegou com uma pera e um sanduíche de mortadela; deu a metade para Karen, que tirou da bolsa um pacotinho de batatas, e ali, no meio da cabine, acabaram improvisando um piquenique.

— Você parece desanimada, Karenzinha.

— Estou sem casa e me perguntava se não seria muito abuso...

— Quer passar uns dias comigo?

— Tem certeza? — perguntou Karen.

— Claro que tenho certeza — disse Susana. — Vamos ver se nos damos bem. O espaço é pequeno, mas é muito bem localizado: é na Zona Norte.

Para Karen, essas palavras bastavam: "Zona Norte" era a chave para o que estava procurando. Não lhe importava que às vezes Susana parecesse desagradável, um pouco vulgar; falava muito alto, usava roupa apertada, olhava para ela fixamente e com os olhos úmidos de um jeito que a intimidava, mas naquele momento não tinha uma opção melhor.

No final do dia, Karen e Susana saíram juntas. Sua nova amiga tomou um táxi como se fizesse isso todos os dias. Karen ficou calada. Fazia algum tempo que vinha observando que Susana tinha mais dinheiro, muito mais dinheiro do que podia ganhar na Casa.

O apartamento de Susana ficava numa área exclusiva. Era pequeno e tinha poucos móveis, todos modernos e de boa qualidade. Logo que chegaram, Susana tirou da geladeira uma garrafa de vinho branco e serviu uma taça a Karen, que ainda não se recuperara da surpresa. Estar ali era como ter entrado no set de uma das novelas que costumava ver na televisão. As duas cadeiras vermelhas esmaltadas, o pôster de Andy Warhol, as cortinas de lantejoulas, tudo parecia sofisticado e ao mesmo tempo estranho.

Quatro noites mais tarde, Karen faria seu primeiro atendimento em New Hope. Mais adiante, em uma de nossas conversas chegamos à conclusão de que naquela madrugada, enquanto ela se deitava depois de ter passado a noite com Ramelli, eu começava a me levantar no meu apartamento, na rua 93, a cinquenta quarteirões de distância, no mesmo amanhecer ocre.

Acho estranho que ninguém se refira à beleza singular da luz desta cidade. Acho que se fosse artista me levantaria de madrugada e tentaria captar esse tom de terracota vítreo que desce da montanha. Gostaria de ter sido artista. Talvez fotógrafa. E acho que um projeto bonito seria tirar centenas de fotos de personagens distintos em diferentes dias, mas exatamente na mesma hora. Às quatro e cinquenta e sete da madrugada, suponhamos. A lente captaria, então, uma mulher madura sentada na cama, com uma camisola de seda, o rosto pálido e enrugado, o copo de prata sobre a mesa de cabeceira com a água fria ainda, o livro de Emma Reyes, a vista da cidade atrás, como um espectro. Em outra imagem estaria Karen dentro de um táxi contando dinheiro, com a maquiagem borrada e a expressão tensa.

Indo para a cozinha, pego o jornal. Preparo um suco de laranja enquanto a cafeteira faz seu trabalho. Volto para a cama com uma bandeja com torradas, suco e café. Sento-me com o jornal e noto que tenho uma ligeira dor de cabeça. "Mas foram só dois uísques antes de sair da festa", pensei. A idade tem seu preço. Dou dois goles no suco, ajeito os óculos e pego o jornal com uma mão e o café com a outra. Como a maioria das mulheres da minha idade, tenho uma coordenação motora muito requintada. Não à toa tive que ter aulas de datilografia, bordado e crochê, entre outras delicadezas.

Leio com atenção uma reportagem especial sobre saúde pública e desvio de verba. Quase deixo o café cair quando encontro entre os citados a Cruz Salud e, em seguida, o nome de Ramelli como representante legal. O relatório explica que essas entidades prestadoras de serviços criam e clonam os pacientes, colocam no sistema os que já morreram e fazem receitas de medicamentos que ninguém pede para ficarem com o reembolso do Estado. Lembro-me da nossa conversa no dia do casamento. Já tinha ouvido falar que Diazgranados era um mau-caráter de mão cheia, seu rosto aparecia nos jornais e nos noticiários noturnos quase todas as semanas, mas, como sempre, nada lhe acontecia. Quanto a Ramelli, me intrigava como Lucía tinha conseguido viver durante trinta anos com ele. O nome de Aníbal Diazgranados não aparecia na matéria.

Ao passar para a página da coluna social, dou de cara com as fotos da missa de casamento. A crônica é leve, escrita por uma jornalista que se mostra cega aos excessos do que insistia em chamar de "um casamento à moda antiga". Cansada de ler, continuo com as colunas de opinião. Quase nunca reconheço os nomes dos jornalistas que escrevem. Não sei se é porque são cada vez mais jovens, se aqueles que conheci passam lentamente para a página dos obituários ou se estou desconectada da realidade nacional. Talvez um pouco das três opções.

A tristeza que senti durante o casamento me fez lembrar da minha festa de quinze anos. Papai, empenhado em fazê-la segundo a tradição colombiana, comprou para mim um vestido de seda, ofereceu champanhe aos convidados e dançamos valsa. Tive que aceitar o buquê de flores que uma ou outra pessoa me deu de presente. Agora que penso nisso, talvez tenha sido justamente nessa ocasião que tomei a decisão de deixar o país e fazer minha vida no exterior. "Sinto que o país é pequeno", lembro-me de ter dito à esposa do ministro Obando. "Não entendi", respondera ela. "Não tem importância", eu disse. Se lembro bem, essa foi a última vez que tivemos algo parecido com uma conversa. Agora que penso nisso, não faria mal explicar que vivemos em uma cidade de 8 milhões de pessoas, já que no fim das contas as mesmas pessoas estão sempre nos mesmos lugares, como se vivêssemos numa vila medieval.

Teresa e eu crescemos juntas e próximas, mas, ao entrarmos lentamente na vida adulta, a diferença entre nós ficou grande e acabou nos separando.

Olho o relógio e, antes de dormir um pouquinho mais, decido ligar para Lucía assim que der nove horas. Ando descalça até o pequeno equipamento de som do outro lado do quarto e ponho um disco de Erik Satie.

— Me espera enquanto eu trago um chocolate? Ah, e no caminho pego a bolsa, para que as gatas não joguem algo dentro dela ou roubem alguma coisa — disse Susana a Karen na mesma tarde em que a acolheu em sua casa pela primeira vez.

Susana sai apressada, deixando seu iPhone para trás, além da cama cheia de migalhas. O som de uma mensagem recebida faz com que Karen preste atenção no telefone. Pega o aparelho e olha a tela; mesmo sem a intenção de ler, a curiosidade é mais forte: "Se você quer sexo, pague, mas não me maltrate", em seguida aparece um homem dizendo: "Gata, não fique chateada, vou pagar o milhão acertado".

Susana entra no momento seguinte, e Karen deixa o telefone onde estava.

— Quer uma barra de Jet? — pergunta.

— O que eu mais gosto é da figurinha — diz Karen.

— Sim, eu como uma barrinha por dia para ver que frase sai — comenta Susana. — Vamos ver o que temos para o dia de hoje: ai, o morcego — diz Susana rindo, antes de adotar uma postura séria para iniciar a leitura: — "O morcego (*Pipistrellus, pipistrellus*). Os morcegos são os únicos mamíferos em nosso planeta que voam. Embora pareçam ter asas como as das aves, na realidade são seus dedos extremamente longos unidos por uma membrana que se estende até a cauda". Deixa eu ver seus dedos, comenta Susana segurando a mão de Karen. — Ah, é verdade. Dedos de morcego — completa antes de continuar: — Desculpe — disse —, asas. "Ao contrário da crença popular, os morcegos, em sua grande maioria, não se alimentam de sangue. Alguns alimentam-se de frutas, insetos, néctar e apenas uma pequena porcentagem, do sangue de animais". Agora vou te chamar de Solina — finalizou Susana.

— Que Solina?

— Solina, a secretária tímida que acaba se transformando numa vampira que morde homens em *Drácula*.

— O filme?

— Sim, Solina.

— Esse eu nunca vi. Na verdade, se você vai me dar um apelido, prefiro Pocahontas.

— Pocahontas? Mas esse nome é de índia! — Susana soltou uma risada.

— E eu sou meio índia, não sou? — Karen respondeu, dando a última mordida no chocolate.

18

Terminou de fazer uma massagem emagrecedora em Rosario Trujillo e não sentiu nenhuma curiosidade ao escutá-la falando em inglês, como também não se importou em ver que ela vestia um sobretudo Carolina Herrera e a olhava dos pés à cabeça de cenho franzido e uma expressão de nojo no rosto esticado.

Agradeceu com um sorriso largo a gorjeta de cinco mil pesos. Estava aprendendo a fazer cara de jogadora de pôquer, assim como a compreender que quem aprende a arte do fingimento está mais inclinado a ganhar. Rosario Trujillo era uma dessas mulheres que não podiam passar mais de cinco minutos num espaço sem fazer com que os outros sentissem sua superioridade.

Em uma dessas sessões em que nós três nos reunimos com Lucía para organizar as anotações do livro, Karen falou sobre a impressão que Rosário lhe causou.

Pensei que Karen se sentia aliviada, de certa forma, ao ver que Rosario agia dessa maneira por insegurança, ou amargura, que não era uma mulher feliz e que, da mesma forma que ela e todos os atores daquela trama, interpretava um papel inevitável, como numa peça de Shakespeare, em que os personagens não conseguem escapar do destino, por mais que possam prevê-lo, como quem sabe que dando um passo a mais cairá no abismo e, mesmo assim, o dá.

Mas, para Lucía, o meu olhar tendia a idealizar os motivos de Karen, a enaltecê-los e a dar a eles um elemento fantástico para transformá-la em heroína. "Karen", dizia Lucía quando começamos o processo de escrita, "é a heroína desta história, sem dúvida, mas é uma mulher de verdade. Isto não é um conto de fadas nem uma história épica." Para Lucía, Karen deixou de sentir Rosario Trujillo como uma ameaça quando começou a viver no lado norte da cidade, a fazer as contas para ter o mesmo sobretudo Carolina Herrera ou a bolsa Prada de sua cliente sem que comprá-los fosse uma impossibilidade absoluta.

Sendo estritamente pragmáticos, a maior diferença entre elas consistia na carteira. Bem, na carteira, na jaqueta, nos sapatos, enfim, nas coisas. Karen era uma boa observadora.

Nesse contato imediato, nesse espaço privado onde ambas dividiam um quartinho de quinze metros quadrados a portas fechadas, com cheiro de lavanda e música new age, não era o corpo nu de Rosario Trujillo o que fazia dela alguém superior, era o preço do que ela usava. Ao menos era assim que Karen interpretava.

— Era o seu sotaque de Bogotá, com essa voz estridente e essa entonação própria que pessoas da sua classe usavam com serviçais, que a tornava melhor que os outros? Era porque ela tinha uma empregada, e Karen não tinha? Era essa forma de dizer "como vai" com um golpe seco na última sílaba e levantando a voz? Não importa, o ponto é que "algo" concedia a ela o privilégio de tratar Karen com antipatia, um privilégio que Karen gostaria muito de poder ter em certos momentos, pois, assim como todas as suas clientes pareciam ter o direito de maltratá-la — porque tiveram um dia ruim, porque eram assim, porque tinham vontade —, ela sempre tinha que dar a outra face, sorrir, aguentar, ou então procurar outro emprego.

Naquela tarde de agosto, Karen pensou na conversa que lera no celular de Susana. Quis ligar para Emiliano. Pensou no milhão de pesos dos quais ela falava por mensagem. O dinheiro que tinha economizado em oito meses e perdido em uma noite, Susana conseguia em um fim de semana. Pegou o celular para ligar para Emiliano antes da cliente das seis da tarde. Diferentemente das outras vezes, sua mãe estava mais amável. Contou que já estava dando entrada na interdição que certificava a incapacidade psiquiátrica do tio Juan, e assim poderia receber a pensão. Teria a resposta em algumas semanas. Isso significava uma grande mudança, porque a partir daquele momento seria sua mãe a responsável pelo dinheiro, e o tio passaria a depender dela, não o contrário. Parecia feliz. Em seguida veio Emiliano e contou uma piada que Karen não entendeu. Falava muito rápido, até ficar sufocado. Repetiu a piada duas vezes.

— Mamãe, quando você vem me visitar? — disse finalmente. Fazia tanto tempo que não a chamava de mamãe. Quando escutou essa palavra se sentiu nas nuvens.

— Logo logo, meu filho, logo logo.

— Às três horas? — perguntou Emiliano.

— Adoraria que fosse às três — respondeu Karen. — Vou só na segunda-feira — completou.

— Hoje já é segunda — retrucou Emiliano. Karen ficou surpresa que o menino soubesse o dia da semana.

Emiliano contou para a mãe que já é o melhor no time de futebol e não quer mais uma bicicleta, e sim umas chuteiras, umas chuteiras profissionais.

— Se conseguir, compro as duas coisas para o Natal, meu amor.

— Falta muito. Quantos *Bob Esponja* faltam para o Natal?

— Muitos — disse Karen —, mas o tempo passa rápido.

— Falta muito para o Natal — repetiu Emiliano.

— É verdade. Falta muito, mas também falta muito pouco — respondeu Karen, sem querer pensar que a conversa a irritava.

A Casa da Beleza 115

— E as chuteiras? — voltou a perguntar.

— Vou levar para você, meu amor. Prometo.

Nessa tarde, Karen e Susana saíram juntas como se fossem amigas da vida inteira. Um dia depois dessa conversa, Karen levou suas coisas para a casa de Susana. E nessa mesma noite, enquanto ambas se acomodavam na mesma cama, Karen se atreveu a perguntar à amiga sobre a troca de mensagens que havia lido no telefone.

— Ainda tenho mais de um ano de parcelamento, gata — disse Susana apagando a luz.

— Você conseguiu juntar dinheiro? — pergunta Karen, surpresa com a naturalidade com que conversavam.

— Estou comprando este apartamento.

— E ele custa quanto?

— Trezentos e cinquenta paus, bela — respondeu Susana.

— Posso perguntar quanto você ganha em um mês?

— Em um mês? Entre oito e dez paus.

Karen fica calada. Ela se surpreende com a rapidez com que faz os cálculos: é oito vezes o que ela ganha na Casa. É o salário de um vice-ministro, eu disse quando ela me contou.

— E você precisa fazer coisas horríveis?

— Às vezes, mas tudo passa.

— Só me deitei com um homem na vida — disse Karen.

Susana soltou uma risada.

— Está pensando nele. Solina — Susana disse. — Solina, a "devoradora de homens". Eu já dizia que esse nome era uma premonição. Que conste que não fui eu, foi a barrinha de chocolate Jet que marcou o seu caminho.

— Ei! De "devoradora de homens" eu não tenho nada.

— Talvez, mas você tem medo — concluiu Susana. — Eu vejo o medo como se fosse uma mancha escura no seu olhar. Você carrega o medo. Dá para ver nos gritos que escapam, na risadinha nervosa, nesse tique de tirar o cabelo do rosto. — O que você vai fazer para vencer esse medo? Mergulhar naquilo que faz com que você o sinta, como alguém que sobe num cavalo justo depois de o animal tê-lo jogado longe.

Karen fica calada. Imagina que Susana é médium. Sabe mais dela que ela mesma. E, mesmo que não tenha pensado nisso justo nesse momento, agora que vê Rosario Trujillo sair de sua cabine, volta a se lembrar da cena com uma clareza que não tivera antes. Logo bate os olhos na nota de cinco mil pesos e se sente como quando os adultos têm uma lembrança de infância na qual algo —a casa da avó, digamos — era enorme, mas ao voltarem depois parece ter encolhido, mais que isso, o espaço parece sem vida, insignificante. Bom, isso acontece agora com relação à sua cliente: como o dinheiro que ela lhe dava fazia com que Karen conseguisse suportar sua insolência, a mulherzinha havia encolhido.

19

HAVIA ABAIXADO AS CALÇAS DELA, a tinha sobre a cama e se enfiava nela com raiva, enquanto gritava com a expressão tensa, dolorida. Ela gritou, deixou escapar duas lágrimas e viu como os lençóis se manchavam de vermelho, lentamente. Pensou que nada mais seria como antes. E em seguida sentiu a bofetada de Luis Armando esquentar a bochecha um pouco antes de voltar a dar a ela o conteúdo da garrafa e colocar os dedos cheios de cocaína em sua boca.

Começou a chorar. Nem meia hora havia se passado desde que chegara.

Quando ele telefonou, ela chegou a se imaginar num quarto com rosas brancas, um banho de espuma numa banheira, uma taça de champanhe, e pensou que Luis Armando seria carinhoso e delicado, que "não faria nada que ela não quisesse", uma frase que ela o escutou dizer inúmeras vezes durante os muitos telefonemas que tinham trocado.

Num determinado momento, Luis Armando sorriu. Como um náufrago que avista terra firme, Sabrina sorriu de volta. Por um segundo acreditou que tudo teria ficado para trás. Mas em seguida ele voltou a ser o que era antes e deixou escapar uma gargalhada. Era como se, entre dentes, dissesse: "te enganei de novo". Sabrina pensou em sua mãe. Pensou em sua mãe dizendo "se você não tem nada de bom a dizer, melhor não dizer nada", mas não conseguia pensar em algo bom, fosse para dizer ou para calar, como não voltaria a pensar em algo bom nem mau nunca mais em sua vida.

20

No que mais tarde ela descreveria como uma sala de espera com móveis de madeira de mais de cinquenta anos, carcomidos pelo gorgulho, há mais de duas horas Consuelo Paredes espera ser atendida pelo promotor encarregado do caso. Outras sete pessoas esperam a seu lado com expressão sombria.

— A que horas você me disse que ele volta?

— Está na sua hora de almoço; sente-se, por favor — diz a secretária sem deixar de lixar as unhas.

— Mas ele está na rua há mais de duas horas.

— Deve ter tido algum contratempo.

Consuelo Paredes vê peritos criminais entrando e saindo, escuta o que um grita para o outro: "Paleta, e desta vez o corpo colaborou?". O outro faz um gesto de aborrecimento: "Porra nenhuma", responde. "E isso porque ofereci uma grana." O outro ri com vontade.

Quando finalmente o promotor chega, cochicha com a secretária, que parece colocá-lo a par do que aconteceu durante sua ausência. A mulher usa uma máquina de escrever que ocupa a metade da enorme mesa.

O promotor dá meia-volta e cumprimenta com um sorriso e um gesto de mão.

— Tenho cinco minutinhos para cada um.

A secretária faz com que as quatro pessoas que chegaram antes de Consuelo Paredes entrem. São quase cinco da tarde quando a chamam. Em todo o tempo em que ficou sentada, ela esteve pensando muito bem nas palavras que diria ao promotor para aproveitar o máximo possível o tempo no escritório. O homem veste um terno cor de bosta e uma camisa creme. A gravata é grossa e está virada. Está ficando careca e não deve ter mais de quarenta e cinco anos.

— Em que posso ajudar?

— Minha filha, Sabrina Guzmán, foi assassinada.

— Minha senhora, lamento muito pela sua perda. Mas, como posso dizer, se a senhora olhar essas estantes, tudo isso são registros. Todos deste ano, e lhe garanto que há mais de quinhentos.

— Desculpe, mas isso não parece ser possível — Consuelo lembra de ter dito.

— Minha senhora, se quiser nos sentamos por cinco minutos para criticar o sistema judiciário, mas se preferir podemos falar do caso. Olhe, eu tenho desde uma denúncia pelo roubo de um celular a um assalto com arma branca, estupro, roubo de vários apartamentos, mais celulares, mais assaltos e alguns assassinatos; é uma miscelânea.

— Por acaso tudo tem a mesma importância? Um assassinato e um roubo de celular são a mesma coisa?

— Não, minha senhora, não são a mesma coisa, têm status diferentes e contam com protocolos diferentes. Mas me diga uma coisa: sua filha, ela foi assassinada? Vamos nos concentrar nisso, minha senhora.

— Minha filha, Sabrina Guzmán, morreu no dia 23 de julho em circunstâncias desconhecidas. Segundo o relatório médico do hospital San Blas, ela morreu porque tomou um remédio chamado Tryptanol, mas a necropsia desmente essa teoria e mostra, inclusive, sinais de violência sexual e consumo de cocaína por inserção forçada no corpo…

— A senhora está dizendo que estupraram sua filha e alguém quer manipular o processo para ocultar o que aconteceu?

— Mais ou menos isso — diz Consuelo Paredes contrariada.

— Um: posso ajudá-la a conseguir uma permissão judicial especial da Promotoria para obter o histórico clínico da moça no San Blas. Dois: tente falar com o médico, mesmo que eles tenham direito ao sigilo profissional e ele decida manter silêncio. Três: se a senhora quer um conselho, consiga um detetive particular.

— Mas supostamente não são vocês que respondem pela justiça?

— Muito bem observado, senhora, supostamente. E, acredite em mim, fazemos o melhor que podemos, mas olhe esse escritório. A senhora vê algum computador? Um tablet? Não, o que existe são quinhentos casos arquivados em pastas de papel para os quais contamos com uma equipe bastante limitada de peritos criminais, ainda por cima mal paga. Minha senhora: o trabalho é feito à medida que dá para ser feito, mas não temos o tempo de que gostaríamos nem os recursos. Pode acreditar, não é uma questão de má-fé. E, agora, se me permite...

— Mas pelo menos o senhor pode olhar em que pé está o caso? Pode me dizer o que está acontecendo?

O promotor abre uma caixa que tem debaixo da sua mesa e procura dentro dela. Depois de uns cinco minutos tira uma pasta, abre, olha o conteúdo e diz:

— Estamos estabelecendo parâmetros para a investigação por parte da criminalística.

— O senhor está me dizendo que se passaram quase dois meses e que estão "estabelecendo parâmetros de investigação"? O que isso significa?

O promotor pigarreia antes de continuar:

— Significa que está se estabelecendo uma matriz para a investigação, segundo a qual se define uma metodologia para iniciar os trabalhos de inteligência — completa, levantando uma sobrancelha.

— E isso vai ser quando?

— Isso o quê, minha senhora?

— Os trabalhos de inteligência que se realizam de acordo com uma metodologia que é definida com base na matriz de investigação? — diz Consuelo Paredes.

O promotor volta a pigarrear.

— O problema, minha senhora, é que esse relatório médico veio para complicar a investigação. Ou seja: não fosse por isso, a autópsia teria sido feita imediatamente e assim teríamos ganhado tempo, porque logo teria sido descoberto que a causa da morte foi um homicídio. Em vez disso, o resultado na necropsia saiu há apenas uma semana. Isso sem contar que a necropsia não é contundente para estabelecer a causa da morte, pois diz que "deixa nas mãos das autoridades".

— O senhor está me dizendo que não foi homicídio? São vocês que devem esclarecer se foi ou não um homicídio! — exclama irritada.

— Exatamente! — diz o promotor com um sorriso exagerado. — Muito bem, muito bem, vamos nos entender. Primeiro: confirmar se foi um homicídio. E logo depois disso podemos tirar esta pastinha daqui e passar para a unidade de homicídios. Está entendendo?

Consuelo Paredes está pálida. Sente-se mais só do que nunca. Agora entende que será ainda mais difícil do que esperava.

— Quanto tempo? Quanto tempo para que tenham descoberto algo, senhor promotor? Para que estabeleçam que foi um homicídio?

— Me dê uma semaninha, minha senhora, uma semana, e a colocaremos em contato com o agente de criminalística encarregado do caso para que a senhora possa discutir com ele essas inquietações. Volte em oito dias, e eu terei a permissão para que consiga acesso ao histórico clínico da moça no San Blas. Não se desespere, entregue para Deus e reze, minha senhora, reze muito.

— Desculpe, senhor promotor, mas o senhor pode me dar o seu celular ou e-mail?

— Com todo o prazer — diz, voltando a pigarrear. Depois de ditar a informação, acrescenta, num tom de voz mais baixo: Tenho muita pena, minha senhora, mas já faz um tempo que os nossos cinco minutos passaram.

21

RAMELLI TINHA SIDO O SEU PRIMEIRO CLIENTE e estava se transformando no melhor. Viam-se duas ou três vezes por semana. Em algumas ocasiões, saíam juntos para jantar. Nunca tinham se encontrado de dia. Por isso, quando ele a chamou para almoçar no domingo seguinte, Karen se perguntou se queria encontrar ela ou a Pocahontas. Como uma atriz, estava cada vez mais hábil em mudar o registro de uma para a outra. Na Casa continuava sendo Karen, ainda mais depois de ver a experiência de Susana, que tinha sido despedida algumas semanas antes porque encontrou sua jaqueta de couro manchada de tintura de cabelo e discutiu com Deisy.

Karen sabia que, se fosse cautelosa, poderia manter uma vida dupla por uns meses e, em seguida, abandonar a Casa para sempre. Mas isso aconteceria quando ela quisesse, não quando se visse obrigada a fazê-lo. A lição serviu para que ela aprendesse a manter a dualidade de suas identidades. Pocahontas usava as botas Ferragamo e a bolsa de Massimo Dutti, enquanto Karen continuava aparecendo na Casa com o tênis barato surrado e rabo de cavalo.

Folheava as revistas com a atenção de uma estudante que quer ser aprovada numa prova. Perguntava-se o que deveria colocar no domingo. Começava a aprender certos códigos: Dolce & Gabbana, Armani e Versace pareciam formas de falar sem ter que dizer as coisas aos gritos. Nessa noite tinha um encontro com um norte-americano que nas últimas semanas tinha ligado para ela em vários momentos. Teria que comprar outra bolsa, porque não podia aparecer sempre com a mesma.

O esforço para interpretar o personagem era tão intenso que todo o dinheiro havia sido gasto nele, no que poderíamos chamar de caracterização. Era tal a sua entrega a Pocahontas, que não se lembrava de ter entrado nesse jogo para conseguir o dinheiro que lhe permitiria trazer Emiliano de Cartagena. E, mais que isso, sua lembrança era dolorosa, um sentimento que aumentava à medida que Karen ia se afastando do personagem que era ao chegar na cidade.

Depois de abandonar o apartamento em Santa Lucía, tinha constantemente a tentação de se expor ao perigo, submeter-se ou deixar-se cair, talvez para demonstrar a si mesma que daquela vez seria ela quem controlaria a situação.

Karen falava pouco de Wílmer. Só no final soubemos que continuavam se vendo. Acho que a sua relação com ele lhe causava tanta culpa, que não era sequer capaz de citá-la. Saiu do quarto do Lagoa Azul cansada, com setecentos mil pesos em dinheiro. Fez uma ligação para Wílmer que não durou mais de dez segundos e seguiu seu caminho. O domingo amanhecia, e os bancos do parque da rua 59 estavam cheios de bêbados.

John Toll abandonou o quarto do motel um pouco depois de Karen; virou na direção oposta à dela e tomou um táxi qualquer, sem suspeitar de que tentariam roubar a sua maleta e o levariam num sequestro relâmpago. Karen não estaria ali para escutá-lo gritar, se jogar do carro, correr duzentos metros antes de receber três tiros que o deixariam jogado no chão, ferido.

O cliente norte-americano suava nas mãos e costumava pedir desculpas por qualquer coisa. Quem diria que esse homem sem jeito e inseguro na cama havia lutado no Iraque e no Afeganistão? Deixando de lado os detalhes, dava para dizer que ele gostava de sexo convencional e não a queria ao seu lado por muito tempo, situação que se mostrava cômoda para Karen.

Karen gostava dessa hora em que as criaturas da noite, com os olhos avermelhados e fedor de álcool, se misturavam no mesmo ambiente com os esportistas madrugadores a caminho de sua rotina de academia. Ver todos juntos no mesmo espaço a fazia pensar em uma espécie de irmandade entre uns e outros, talvez uma cumplicidade, uma aproximação que no resto do dia e da noite parecia incongruente.

Queria ficar sozinha. Fechar os olhos, comer e chorar sem se sentir observada. E, no entanto, desde o estupro não tinha conseguido voltar a dormir durante a noite sem que fosse assaltada pelo pânico. Por isso perambulava pela rua até que o sol nascesse ou se enfiava na cama de Susana.

Enquanto caminhava, se deparou com alguns cartazes de "Aluga--se" e ficou curiosa. Quando viu o terceiro, quis conhecer o apartamento. Tinha vinte e dois metros quadrados, era sujo e estreito, com o chuveiro em cima do vaso e um quarto sem janelas. O segundo ficava em um primeiro andar também sem janelas, tão escuro que era necessário acender a luz para enxergar a palma da mão. Quando decidiu ver o terceiro e último, antes de ir para o almoço com Ramelli, cruzou os dedos.

A fachada era melhor que de qualquer lugar onde já havia morado antes em Bogotá. O tijolo aparente e as varandas de azulejos bege se pareciam com a maioria das construções. Como acontecia com os outros edifícios dessa área, aquele não tinha visto dias melhores. Embora até aquele momento não tivesse pensado que estava procurando um lugar para morar, ao chegar à entrada do apartamento soube logo de cara que queria ficar com ele.

A moça que abriu a porta explicou a Karen que iria morar com o namorado num apartamento onde tivesse espaço para seu bebê, mas que o contrato da imobiliária ainda estava vigente por mais três meses.

Karen se sentiu mais que satisfeita com a possibilidade, porque, no fim das contas, três meses era o tempo de que precisava para juntar dinheiro e conseguir morar num lugar maior, que tivesse espaço para Emiliano e para ela.

Eram quarenta metros quadrados com um carpete em mau estado, duas janelas, uma delas na sala, que dava para a rua, e a outra no quarto. A cozinha era aberta e dava para uma pequena mesa com duas cadeiras, onde Karen viu uma xícara de chá e um livro de história. As estantes da biblioteca, feita com tijolos e tábuas de madeira, estavam abarrotadas de livros. Karen se aproximou para olhar, não encontrou nenhum de Ramelli.

— Eu quero — disse. — Quero o apartamento.

— Mas você ainda não viu o banheiro.

— De qualquer forma vou ficar com ele — insistiu.

A moça lhe pediu para pagar um mês adiantado e os outros dois meses em novembro. Karen aceitou. O aluguel custava novecentos mil pesos; tirou seiscentos mil da bolsa e ficou de levar o resto no dia seguinte.

O sol aparecia por trás dos morros. Tinha a impressão de que as coisas começavam a dar certo e que a partir dali poderiam melhorar.

22

Consuelo Paredes estava havia vários dias de pijama. Ela se cansou de ligar para o número de celular que o promotor deu a ela. Dava sempre caixa postal. Também mandou vários e-mails, mas eles voltavam. Tinha saído havia três dias para visitar Kollak, da agência Kollak & Detetives. O nome havia chamado sua atenção, pois seu pai acompanhava a série com entusiasmo quando era pequena; pensou que poderia ser um sinal. O Kojak original se escrevia com "j", e não com "ll". Diferentemente do Kojak, Kollak tinha cabelo e o tingia de preto. Tinha um ar sereno e vestígios de acne na pele. Ele havia escolhido essa profissão, e também esse nome para a agência, porque, quando menino, a série passava na televisão e sua mãe suspirava pelo agente nova-iorquino. Como o personagem, vestia terno e gravata e um chapéu, ainda que em seu site ele aparecesse com o uniforme do antigo Departamento Administrativo de Segurança.

Na página ele se dizia disposto a encontrar pessoas perdidas, localizar e embargar maus pagadores, localizar contas, bens e automóveis, investigar crimes, homicídios, fraudes e roubos e fazer exames técnicos de grafologia.

Consuelo telefonou, e quem atendeu foi o próprio Kollak. Disse que podia recebê-la naquela mesma tarde. Pegou um táxi para o centro comercial Aquarium, localizado em Chapinero. Num pequeno local, ao final do primeiro andar, ficava o escritório. O homem sentado em uma cadeira de madeira com estofamento de tecido tinha atrás de si alguns diplomas e fotografias de exumações. Sobre a mesa não havia computador. Só um acúmulo de papéis, lupas, uma caveira, uma velha câmera fotográfica, vários óculos e um frasco de antiácido. Tudo parecia velho e ultrapassado, como nos escritórios da Promotoria.

Consuelo falou longamente.

— Temo que tenha um peixe grande por trás de tudo isso — disse então Kollak, acendendo um cigarro comprido cor de canela, como os do protagonista do seriado. Se alguém consegue falsificar um documento médico numa clínica legal é porque tem muito poder. Precisamos dar uma busca nas coisas da sua filha. Se for do seu interesse, amanhã eu e meus homens faremos uma visita à sua casa e, a partir daí, poderemos estabelecer uma metodologia.

— Já escutei isso antes — disse Consuelo, decepcionada.

— Olhe bem para mim — pediu Kollak, abrindo os olhos e apontando para eles ao mesmo tempo. — Saí do sistema judiciário do Estado porque me cansei da preguiça. Tudo o que sei, aprendi ali. E, no entanto, quase todos os acertos ao longo de meus quarenta anos de vida profissional eu alcancei como detetive particular.

— Muito bem, sr. Kollak, ou qualquer que seja o seu nome, foi um prazer conhecê-lo — disse Consuelo, meio perdida, levantando-se da cadeira e estendendo a mão para ele.

— Não tão rápido — ele ponderou. Tinha a mesma voz cavernosa e serena do agente da televisão. Consuelo voltou a se sentar, deixou-se cair em cima da cadeira e explodiu num choro descontrolado.

— O senhor é um insensível! — ela gritou entre as nuvens de fumaça que invadiam o espaço.

Kollak pegou uma caixa de lenços.

Consuelo assoou o nariz. Pouco a pouco, os soluços foram se apaziguando.

— Me chamo Obdulio. Obdulio Cerón.

Consuelo ficou em silêncio. Depois disse a ele, já mais calma:

— Prefiro chamá-lo de Kollak.

O homem sorriu, ou pelo menos foi o que lhe pareceu.

— Ou seja, a justiça não vai funcionar no caso da morte da minha filha — disse Consuelo.

— A justiça eu não sei, mas a Kollak & Detetives lhe dá a opção de pelo menos conhecer a verdade.

— O nome da sua agência é ridículo!

Kollak, como se não tivesse escutado a ofensa, continuou em tom pausado:

— Eu me atrevo a dizer à senhora que quem está por trás disso parece ser um ególatra. Não tiveram cuidado com a cena do crime, mas também não temem ser descobertos. Por isso a minha aposta é por uma ou várias pessoas poderosas, donos do mundo. Tristemente, é possível que tenha sido uma noite de sexo que terminou mal.

— Do que o senhor está falando?

— É uma pena que não tenha sido feita uma autópsia de imediato, porque teríamos a evidência de um estupro. Agora não a teremos mais. Mas fica a sugestão da possibilidade.

— E como podemos encontrar o responsável?

— Primeiro temos que encontrar um suspeito. Para isso, vamos ter que investigar nas coisas de sua filha. Uma vez isso resolvido, poderemos vincular o suspeito ao caso.

— É assim tão simples?

— Infelizmente, não. Quando a justiça não está do nosso lado, podemos chegar a um beco sem saída.

— Não sei se consigo entender.

— Como diria o meu caro Sherlock, "nada é mais enganador do que um fato evidente".

Consuelo olhou o celular; tinha que mostrar um apartamento a poucos quarteirões dali. Esse sujeito, que parecia um palhaço, era sua única esperança.

— Tenho que ir embora.

— Também estou saindo agora, se quiser a acompanho e continuamos conversando.

— O senhor ainda não mencionou os seus honorários.

— Deixe que eu faça a visita amanhã. Com isso já estabelecemos a metodologia, e aí lhe digo quanto pode custar. Mas não tenha ilusões.

— Por que insiste que talvez não cheguemos a lugar nenhum?

— Por experiência, acredite. Tenho acompanhado casos como este. É doloroso saber a verdade. Pode ser pior que não saber.

— Isso é ridículo.

— Não, não é. A verdade é necessária quando há justiça. Mas a verdade sem reparação envenena a alma.

— Além de detetive, o senhor é filósofo — disse Consuelo ao se levantar.

Kollak pegou o casaco e o chapéu do cabideiro e fez com que Consuelo Paredes o seguisse.

23

Do terraço do restaurante Upper Side, onde espera por Karen, Ramelli vê um homem corpulento, de uns quarenta anos, vir em sua direção. Aproxima-se com *A felicidade é você* na mão.

— O senhor é Eduardo Ramelli?

— Sim — responde com um sorriso enquanto tira os óculos de sol e os coloca sobre a cabeleira cinza e brilhante.

— Que honra! Não sabe o quanto o seu livro foi importante para mim...

— Fico muito feliz, essa é a ideia... — diz Ramelli com nervosismo.

— Estou com a minha namorada. Posso trazê-la aqui? Começou a ler *Me amo* e foi ela quem me apresentou seus livros... Na verdade, eles mudaram a minha vida...

— É exatamente essa a ideia, não é? — repete Ramelli, distraído, enquanto vê que Karen se aproxima da mesa.

Ela está linda. Sensual e elegante ao mesmo tempo, pensa enquanto pega a edição de *A felicidade é você*. A namorada do corpulento se aproxima da mesa e chega apenas poucos segundos antes. Karen nota que Eduardo a devora com o olhar.

— Não posso acreditar! — diz a moça levando as duas mãos ao rosto.

Ramelli volta a sorrir.

— Adoro quando você fala de ser como um rio que corre... É algo que tento fazer a cada dia — diz a moça, que fica vermelha e pisca mais do que o normal.

Karen continua atrás da mulher corada, sem se decidir se deve se sentar ou esperar.

Ramelli termina uma frase sobre o despertar da alma, levanta-se e a cumprimenta com um abraço exagerado.

— Sente-se, por favor.

Em seguida recebe o exemplar das mãos do homem, que além de gordas são peludas, e pergunta a quem deve dedicá-lo.

— Isto é um sinal, não acha? — diz, com um sorriso, a mulher ao namorado.

— Veja você, mestre, eu tinha uma autoestima muito baixa, mas quando li *Me amo* isso mudou, comecei a entender que poderia ter tudo o que quisesse na vida se me aceitasse com as minhas limitações, e foi aí que encontrei o amor.

Ramelli mantém um sorriso fixo, exagerado.

Dá para ver que o casal está fora do contexto. A roupa fora de moda, o excesso de peso, sua ingenuidade destoam do lugar. Karen olha ao redor. Estão sentados no terraço do quarto andar com vista para a Zona Rosa. As cadeiras de acrílico transparente, as mesas de metal. Na parte interna, candelabros vermelhos enormes, também em acrílico, pendem do pé-direito alto. O lugar é pintado de branco e fotografias grandes de Nova York decoram as paredes. Enquanto Eduardo termina de se despedir dos seus admiradores, Karen folheia o cardápio: *spring rolls* de leitão, *pepper steak*, *baked potato*, *notila style soup*, *Manhattan style burgers*, *pizzetta* de lagosta, salada waldorf, frango tandoori. Não entende nada. Olha os franceses da mesa ao lado, que estão comendo uns pratos bonitos, mas não sabe como se pronunciam e menos ainda como se chamam. Finalmente o casal se afasta. Eduardo olha para ela com os olhos azul-piscina. Pega a sua mão enquanto aperta a palma ritmicamente sem dizer nada e sem deixar de olhá-la. Ela sente cócegas no corpo. Isso é o mais próximo que teve de um encontro romântico em sua vida. Então o celular de Eduardo toca e, soltando a mão dela de repente, ele diz:

— Desculpe, mas tenho que atender esta ligação. Compadre! — diz Ramelli. — A que devo a grata surpresa?

Karen consegue escutar uma voz de apito do outro lado falar muito alto, dizendo algo ininteligível.

— É grave? — pergunta Ramelli. — Obrigado, compadre, vou acompanhar o assunto enquanto você viaja para Barranquilla. Temos que organizar um plano de emergência. Não, agora não. Te ligo mais tarde, compadre. Mas não se preocupe, vamos dar conta da crise. — Desliga.

— Está tudo bem? — questiona Karen.

Enquanto isso, o garçom se aproxima para perguntar se já decidiram o que querem pedir.

Karen dá uma nova olhada no cardápio, dessa vez com um pouco de ansiedade.

— Eu queria o hambúrguer, por favor — disse, devolvendo o cardápio para o garçom.

— *Baconburger* ou *cheeseburger*?

— Bacon — falou —, mas sem toucinho.

Eduardo sorri para ela.

— Com todo o prazer — diz o garçom sem corrigi-la.

Eduardo pede os *spring rolls* de leitão como entrada e, de prato principal, um sanduíche de bacon, alface e tomate. Para beber, pede um gim-tônica. Karen pede uma Coca-Cola e, em seguida, sente-se ridícula de ter feito esse pedido, como se fosse uma garotinha de nove anos.

— Gostou do lugar? — pergunta Eduardo.

— É elegante — Karen responde com timidez.

— Você achou? — completa Ramelli. — A comida não tem nada de especial, mas a ideia é que você se sinta em um *top cocktail bar*, como os que encontramos em Londres, Nova York e Paris, entende?

Karen assente. Observa os jardins verticais nas paredes. Na parte do fundo estão o bar com suas cadeiras altas, seus sofás de couro e suas mesas de madeira. O céu tem o mesmo azul dos olhos de Ramelli. Por um momento ela se imagina dividindo a vida com ele; uma vida na qual tivesse espaço para Emiliano, uma casa, um cachorro e talvez uma fazenda na região de *tierra caliente*, onde passariam os fins de semana.

O garçom enche os copos de água. Eduardo rompe o silêncio:

— Olha. Acabei de te conhecer. Talvez esta seja a sexta vez que te vejo e, no entanto, sinto que te conheço a vida inteira.

O garçom serve os *spring rolls* de leitão, e Eduardo come um pedaço grande. Parece concentrado em saborear o porco coberto de massa folheada. Com a boca ainda cheia, diz que o ponto de cozimento é preciso, antes de deixar de lado o molho agridoce. Para Karen, esse momento é que é agridoce. Ela custa a entender essa passagem abrupta de uma espécie de declaração de amor para os sabores de uns rolinhos de carne. Além do mais, Eduardo havia esquecido o seu nome, ou ao menos ainda não o tinha pronunciado.

— Você já sabe que te chamo de Pocahontas carinhosamente, sua chata — diz, dando uma piscadela.

"No final, o mestre é ele", diz Karen a si mesma, e quer pensar que tudo o que fazia tinha um sentido mais profundo, uma lógica que talvez escapasse a ela. Servem o prato principal, e Eduardo continua falando de comida. Começa a contar os lugares diferentes em Bogotá onde se pode comer pato de Pequim. Já se esqueceu completamente da declaração de amor.

— O melhor, de longe, é o Thai Ching Express — Ramelli continua.

Ela não quer admitir que começa a se aborrecer. Eduardo já está há quinze minutos falando de pratos chineses, tailandeses e vietnamitas; dos restaurantes em Bogotá onde se podia encontrar esse tipo de comida, assim como o ranking de preços e qualidade.

O casal corpulento volta a se aproximar. Desta vez a mulher tem os olhos vermelhos e as bochechas mais rosadas que antes.

— Não queria ir embora sem agradecer mais uma vez, mestre — diz a Ramelli. — Encontrar você aqui e agora é um sinal.

O homem ao lado dela concorda com veemência.

— Como prova disso — continua a mulher de bolsa vermelha de couro de tartaruga e batom da mesma cor —, meu bebê me pediu em casamento hoje — e ao dizer isso deixa escapar um suspiro profundo — justo hoje. Dá para acreditar?

— Impressionante — diz Eduardo, dando um gole grande no gim-tônica.

— É um sinal — insiste a mulher —, e um sinal que não teria descoberto se não tivesse lido seu livro. Querido mestre, gostaríamos de convidá-lo para o nosso casamento.

— Seria uma grande honra — completa o corpulento; mas como somos mal-educados... Não nos apresentamos ainda. Alfredo Largacha, proctologista, a seu dispor — diz, estendendo a mão.

Ramelli a aperta, depois de olhá-la talvez mais fixamente do que o apropriado nesses casos.

— Gloria Motta, bacteriologista — diz ela, estendendo a sua.

— Feitos um para o outro — fala Eduardo com o mesmo sorriso tenso.

Depois de escutar que o casamento seria no município de Cachipay, Ramelli promete fazer todo o possível para ir, mas avisa que acredita ter uma viagem justamente na data. O dr. Largacha dá uma piscada e lhe entrega seu cartão: "nunca se sabe quando vamos precisar de um proctologista". Ao notar o olhar lascivo que o médico lança para Karen, Ramelli não consegue evitar a tentação de dizer:

— Apresento a vocês Karen, minha namorada.

Karen quase engasga com uma batata frita, mas, mesmo vermelha e muito tímida, consegue se levantar e cumprimentar o casal.

No fim do almoço, diante de um sorvete frito que degusta acompanhado de pequenos goles de um expresso duplo, Ramelli parece se lembrar da conversa inicial.

— Onde foi que eu parei? Ah, sim… Depois de viver a vida sem saber que rumo tomar e vivendo cada momento sem pensar no futuro, chega alguém capaz de me tirar o fôlego, e esse alguém é você…

Eduardo continua falando ao mesmo tempo que repete o movimento rítmico e suave de apertar a palma de sua mão, olhando-a com intensidade.

Karen reconhece a letra de "Aventureira", de Carlos Vives.

Mas, por enquanto, não quer pensar em Ramelli como uma fraude. Quer se deixar levar pelo romance, se sentir como uma debutante entusiasmada. Ramelli acaricia o rosto dela e a beija intensamente ali, no terraço daquele restaurante frívolo, como se fossem um casal de apaixonados.

Pouco antes de se aproximar do elevador, quando mais do que caminhar Karen flutua, apesar dos saltos de oito centímetros que torturam seus pés, enquanto ele a aperta pela cintura e ela se sente uma princesa, dão de cara com um homem de nariz aquilino e cabelo no peito.

— Doutor, fico feliz em vê-lo — diz Eduardo.

— Digo o mesmo, mestre — responde o doutor.

— Aproveito para apresentar minha namorada — completa Ramelli, e Karen desta vez cumprimenta sem ficar vermelha.

— Muito prazer, Karen Valdés.

— Roberto Venegas — diz o médico.

Já no elevador, Karen pergunta:

— É o seu médico?

— Não, querida, é um dos meus empregados na Cruz Salud, prestadora de serviços que tenho com o meu sócio.

— Você tem uma entidade de saúde? — pergunta Karen.

— Pois é, veja só.

— Você faz muitas coisas — entra no jogo, já decidida a agradá-lo e a ser a sua namorada de domingo. — Vai me levar para passear? — E segura a mão dele.

— Vou te levar para voar. Mas, primeiro, tenho uma surpresa — e tira um pacote da parte de trás do carro.

"Carolina Herrera", Karen lê na sacola e já não precisa de palavras ou gestos para sentir que era é amor puro e verdadeiro.

24

KAREN CHEGOU A CONTAR UMA BOA PARTE do que aconteceu naqueles meses omitindo a presença de Wílmer, não sei se deliberadamente ou porque seu inconsciente silenciava a lembrança daquele homem; o único a quem ela procurava.

Lucía, no entanto, acredita que Karen manteve silêncio em relação a muitas coisas. No dia em que falou da sua festa de quinze anos, omitiu completamente as informações sobre o alisamento do cabelo e do quão doloroso foi o procedimento. Talvez, para preservar apenas as boas lembranças, sua mente evitasse recordar o que era doloroso.

Semanas depois, acabou me fazendo algumas confissões enquanto me fazia massagem. Eu já estava estendida na maca e cocei a cabeça várias vezes. Disse a ela que esses produtos da Pantene me irritavam o couro cabeludo, que era oleoso e por isso eu tinha que lavar a cabeça todos os dias. Karen pareceu ausente por um momento, não comentou nada a respeito e, de repente, enquanto desfazia um nó nas minhas costas, começou a falar:

— A primeira vez que fiz um alisamento com produto químico foi para a minha festa de quinze anos. Minha mãe me explicou que, se eu coçasse a cabeça, ela ficaria machucada. Quando estou irritada sempre coço a cabeça. Era uma dor que eu nunca havia sentido. O couro cabeludo se encheu de feridas.

— Gosto dos cachos — eu disse. — Você nunca tentou deixar o cabelo cacheado?

— Quando eu era bem pequena, sim. Na escola me diziam que eu parecia um macaco. Faziam barulho de orangotango para mim e para outras meninas de cabelo afro. De algumas, ainda bem pequenas, os pais mandavam alisar o cabelo.

— E sua mãe?

— Minha mãe faz alisamento químico desde que eu me entendo por gente. É um ritual que se repete a cada dois meses, religiosamente. Assim como as mulheres que vêm aqui: a cada duas semanas, depilação; a cada oito dias, unha; a cada mês, limpeza de pele; a cada três semanas, cílios postiços... E isso sem contar os tratamentos estéticos, a depilação a laser, o botox, enfim, tanta coisa que existe hoje. Eu, de todos os tratamentos, não deixo nunca de fazer a depilação e o alisamento. O alisamento é uma loucura não apenas porque dói, mas também porque fede a ovo podre. Os olhos ardem. Em Cartagena sabem disso. Passam a prancha, enrolam, fazem touca e, de novo, domam os cachos mais selvagens. Nixon dizia que isso era um desprezo aos nossos antepassados. Isso, eu não sei. Só sei que não gosto de me ver no espelho como uma negra desgrenhada. Acreditei em Nixon por um tempo. Parecia que ele tinha alguma razão. "Se Deus me deu um cabelo crespo, por que contradizê-lo?", pensava eu, que na época ia à igreja quase o mesmo número de vezes que alisava o cabelo. Deixei de fazer o alisamento, mas, como já o alisava havia quatro anos, o cabelo não voltou a ficar crespo logo em seguida; ficou estranho, como uma vassoura de arame duro, eu me sentia feia, depois fiquei grávida e estava triste. Não suportava me ver no espelho. Nixon insistia em me chamar de negra. Mas eu nunca havia pensado nisso. Nunca havia pensado em mim como uma negra, não. Em minha mãe, sim, de quem eu ria por chamar a si mesma de cor de "canela", quando era negra retinta. Mas eu, eu tenho outra cor de pele, sou quase canela, talvez o que tenha de negro seja este cabelo preso e domado. Na televisão sempre falam do cabelo brilhante, sedoso, suave, e o cabelo das negras não é nada disso. O cabelo afro combina com aqueles que vivem nas invasões de El Pozón, foi isso que minha mãe me ensinou desde pequena, é cabelo para os que vivem no meio do lixo ou nos mangues, sem trabalho, sem ter nem sequer documentos, uma casa. Assim me ensinaram, por isso, quando Nixon me chamava de negra e lia poemas de Artel, eu sentia o sangue ferver nas entranhas, como um orgulho desconhecido de algo que em geral me envergonha. Sei que sou bonita, ou pelo menos que estou bem, sei como os homens me olham, como têm vontade de me ter, mas sei que, com um cabelo afro, os mesmos homens que se orgulham de me mostrar como se eu fosse um prêmio que ganharam na loteria se envergonhariam de mim. Quando me chamam de índia, não me incomoda tanto. Porque, afinal, a referência é Pocahontas, que é bonita e está num filme da Disney. Acho que é pior ser negra, e não resisto a ser chamada assim, apenas por pessoas que eu sei que realmente me amam e dizem isso com carinho. Na sua opinião eu tenho a aparência de uma negra, dona Claire? Acho que sou mais ou menos da mesma cor do presidente Obama, mas com traços de branca e cabelo de negra. Meu cabelo tem sido uma cruz. Odeio o cheiro desses produtos químicos. Às vezes me dão ânsia de vômito, e, quanto mais os anos passam, mais eu os odeio. Mas, apesar disso, não seria capaz de deixar de usá-los. Quando fiquei grávida, pensava que ao menos eu precisava me sentir bonita. No final das contas, se sentir bonita e ter o cabelo liso são a mesma coisa para mim.

Fiquei em silêncio. Sabia que Karen alisava o cabelo, mas nunca havia imaginado o martírio por trás disso.

Karen massageou minhas panturrilhas, em seguida ficou um tempo massageando os meus pés, parecendo que havia desaparecido no sótão de seus pensamentos.

— Nixon pensava diferente — disse de repente. — Se tivéssemos mais homens como Nixon, talvez nos sentíssemos melhor — completou. — Eu, sinceramente, não gosto de cabelo crespo. Fazer o quê? No meu bairro tinha uma negrinha bonita, que deixou o penteado afro. Você pensa que ela conseguiu trabalho? Era muito bonita e estudiosa, mas ninguém queria aquela desordem no escritório, no local de trabalho, na loja e, menos ainda, no seu salão de beleza. Você já viu uma juba afro selvagem e bem crescida? É como um ciclone, um tsunâmi. Mamãe via a moça passar e dizia: "Vou cortar o seu cabelo um dia desses, quando você estiver dormindo, e vou fazer um travesseiro para mim". Eu soltava uma risada. A menina estudava numa faculdade diferente. Sociologia, acho. Ela gostava de juntar pessoas, como fazia Nixon, e falar do orgulho e dos ancestrais e de qualquer coisa, e numa dessas reuniões uma senhora que lavava roupa parou e disse: "E tanto orgulho e essa porra toda serviram para você conseguir trabalho?". Os outros soltaram uma gargalhada. Mas dava pena da garota, porque alguma razão ela tinha, não devemos discriminar os outros por causa do cabelo, isso eu entendo, mas também entendo que um penteado afro não fica bem num escritório. O fato é que a moça se mudou do bairro. Não soubemos mais o que foi feito dela. Tinha alugado um quarto com uma vizinha, ficou apenas alguns meses. Talvez não fosse o lugar para ela. Às vezes me lembro dela, mesmo tendo esquecido seu nome. Espero que alguém tenha dado trabalho a ela para que não tenha sido obrigada a alisar o cabelo. Isso, para ela, mais que doloroso e cansativo, teria sido um verdadeiro trauma. Pode virar, dona Claire? — me disse.

Fiquei olhando para ela. Observava sua silhueta. Seus lábios estavam mais carnudos que nunca. Imaginei seus olhos pardos olhando no meio da noite. Confesso que tive vontade de beijá-la. Quis, mas em vez de fazê-lo fiquei quieta, absolutamente quieta. Tratei de controlar o ritmo da minha respiração. Fechei os olhos. Desejei que a massagem de Karen nunca acabasse e que sua voz — essa voz que com frequência retumbava nos meus ouvidos quando eu me agitava à noite na cama sem conseguir conciliar o sono — me falasse no ouvido, doce, suavemente, devagar, com essa cadência lenta e malemolente, com esse timbre de tambor, com esse sabor, com essa língua.

25

Eram três da tarde de uma terça-feira, os funcionários usavam chapeuzinho de papelão. Estavam cortando uma torta coberta com muito creme de chantilly, e a mulher da limpeza, também usando chapéu, dividia o refrigerante em copinhos.

— Com licença — disse Consuelo levantando a voz para se fazer escutar apesar da música alta. — Gostaria de saber se o promotor está.

— Não está, está de recesso e chega amanhã.

— O recesso não terminava hoje?

— Deve ter tirado o dia de folga, como vou saber? — disse a secretária, visivelmente incomodada. — Além disso, não sou secretária só dele.

— Você poderia me dar o celular dele?

— Não, senhora, não posso. Não estou autorizada.

— É que ele ficou de me colocar em contato com o perito criminal que vai acompanhar o meu caso para que possamos nos falar... E pediu que eu viesse hoje.

— E o advogado? — perguntou a secretária.

— Como?

— Eles atendem normalmente os advogados do caso, não as famílias — disse a secretária antes de completar: — Use uma tutela. Sem tutela é muito complicado ser atendida pelas pessoas, não vê que ele tem quinhentos casos sobre a mesa?

— Mas o promotor me disse que...

— Entenda que ele tem que orientar muitas pessoas, não pode se encarregar de tudo — disse a secretária, tomando um gole do refrigerante.

— E por acaso ele não deixou uma autorização para pedir o histórico clínico da minha filha no hospital San Blas?

— Não, senhora, não deixou nada, nada — disse a secretária, saindo aos pulos porque seus colegas tinham acendido a vela e a esperavam para cantar parabéns.

Consuelo a seguiu e disse que o promotor tinha dado a ela o número errado de celular, porque sempre caía na caixa de mensagens.

— Não tem jeito, moça — respondeu. — *Sorry, babe*.

Naquela tarde, Consuelo Paredes ligou para o ex-marido e contou de Kollak e de suas visitas ao tribunal. Ao contrário do que Consuelo esperava, ele reagiu de forma positiva à contratação do agente e, inclusive, se ofereceu para ajudar com os honorários. Também se comprometeu a ajudar na procura de um advogado competente para agilizar os processos. Consuelo comentou sobre os avanços de Kollak e seus homens, que ao que parecia eram seus sobrinhos. Disse que estiveram no apartamento e tinham colocado o quarto de Sabrina de pernas para o ar.

— Encontraram algo?

— Um bilhete escrito numa folha de caderno.

— E o que dizia?

— "Você sabia que existem mais de trinta tipos de beijos? Demos apenas um. Espera eu voltar, que te ensino os outros vinte e nove" — leu Consuelo.

— Que nojo — disse Jorge Guzmán. — E está assinado?

— Não, mas tem a sigla LAD.

— LAD? — perguntou Jorge Guzmán.

— Não faço ideia do que seja — observou Consuelo.

— Você acredita que possa ser ele?

— Quem sabe, mas para poder fazer um exame grafológico é preciso saber o nome.

— Vamos investigar quem é esse tal de LAD.

Consuelo preferiu ficar quieta. Ia começar a dar detalhes sobre a visita ao hospital San Blas e o plano de ação que fariam quando o ex-marido a interrompeu:

— Acho melhor falarmos dessas coisas pessoalmente, nunca se sabe.

— Nunca se sabe o quê?

— Se alguém está escutando. Falei demais até agora. Nos vemos amanhã, e tente ficar calma. Vamos chegar a algum lugar.

— Jorge, o que fizeram com a nossa filha?

Do outro lado da linha, Consuelo escutou o pai de sua filha cair no choro.

26

UM GOLPE SECO NA COSTELA, como uma punhalada, a tirou do devaneio. "Você vai fazer o que eu mandar", disse Luis Armando, que nesse momento havia se transformado numa coisa estranha, um monstro que sabia bater, que sabia como e onde colocar a mão para não deixar nenhuma evidência maior que a dor em sua vítima. "Mas não faz essa cara de medo, assim não me dá vontade de te comer", disse enquanto procurava um papel para cheirar outra carreira. "O que você está fazendo?", Sabrina se atreveu a perguntar ao ver que ele esfregava coca na sua boceta. "Te libero."

A última coisa que Sabrina pensou foi que tudo era culpa sua. Nunca chegou a conhecer bem essa pessoa que a virava e revirava de um lado para o outro, que usava o seu corpo para descarregar a raiva que tinha do mundo. Para ela, ele era uma voz suave, uma voz que a fazia se sentir especial. Um homem elegante, com classe, que a achava bonita. E meiga. Bonita e meiga, havia lhe dito naquela vez no Unicentro, quando a convidou para comer um hambúrguer. Um homem com um BMW. "E sexy", complementou da segunda vez que eles se encontraram, um mês mais tarde. Nesse dia ele foi delicado ao beijá-la e perguntou duas vezes se ela era virgem. Na intimidade todos os homens eram monstros? Sabrina sabia que não. Seu pai não era um monstro. Era um homem bom. Pensar em seu pai acabou com ela, e essa decaída fez com que sentisse com maior urgência a vontade de urinar que vinha sentindo havia algum tempo. A dor voltou, e com ela os seus pensamentos se desvaneceram. Já não pensaria que não faria nada do que havia imaginado, que não conheceria o amor, não seria mãe, não estudaria gastronomia e não viveria fora do país, como tinha pensado. Morreria sem pensar que nunca mais voltaria a ver a mãe e o irmão, não estaria na festa de formatura do colégio, não conheceria Los Angeles, não chegaria a experimentar maconha nem a voltar a se sentir a mulher mais sexy do mundo, tampouco faria as pazes com seu pai, que ela nunca havia perdoado por se divorciar da mãe e construir outra família.

Agora Sabrina sabia que tinha sido injusta. As relações terminavam, o amor um dia acabava, e não era culpa de ninguém. Seu pai havia encontrado uma companheira, e isso era bom. Agora via tudo dessa forma. Parecia que Luis Armando se mexia a uma velocidade impossível, sentia-o subir pelas paredes até o teto e voltar ao chão. Soltou uma risadinha idiota. Já não sentia mais nada, ou sentia, mas não se importava. Talvez se sua mãe fosse mais disposta a conversar... "Talvez se ela não tivesse sido uma imbecil", pensou. Tentava seguir as instruções e Luis Armando: mais rápido, mais devagar, mais ritmado, que imaginasse que era uma bala, não, um sorvete, que ao mesmo tempo levantasse a abaixasse a mão, e mais rápido, não, não tão rápido, que era muito rude, que o melhor a fazer era sair da merda do quarto, ele gritou, e então Sabrina pensou que aquele pesadelo iria acabar logo; uma vez que estivesse do lado de fora, no corredor, tudo teria terminado, só teria que descer e pedir um táxi, um telefone, ligar para a mãe, nunca mais sairia com um carinha como aquele, um desconhecido, um psicopata disfarçado de galã, mas então o "nunca mais" deu uma reviravolta inesperada, e ele agarrou o seu pescoço como se fosse estrangulá-la, ela deixava as lágrimas rolarem, não podia gritar, não podia fazer nada, ele a levantou pelo pescoço e disse que nunca saberia fazer um homem feliz, que seu corpo de menina doente dava vontade de rir; Sabrina queria se levantar, mas se sentia fraca; Luis Armando continuava com seu jogo, como se ela fosse uma boneca, ele a sacudia, puxava o seu cabelo, rodava-a para um lado, para o outro, ela não conseguia resistir, já não podia chorar, achou que já estava morta, pensou que seria um alívio morrer no fim de tudo, tinha pensado que iria morrer na primeira vez que desejou que aquilo acabasse, supôs que estivessem no quarto fazia um pouco mais de uma hora e ninguém iria salvá-la. Não importava mais. Fechou os olhos. O coração ia explodir. Ela sangrava. Não sabia direito onde, mas sangrava. Um fluxo viscoso em alguma parte, escorrendo por suas pernas, talvez. Não sabia onde. "Todo esse sangue", pensou. "Não sou mais virgem", disse a si mesma. Não mais. Lembrou-se das luvas brancas do colégio de meninas. "O símbolo da pureza", costumava dizer a reitora. Não o viu se vestir rapidamente e dar nós nos cadarços dos sapatos com agilidade enquanto voltava a fazer o nó da gravata, como se tivesse feito um espetáculo magistral e não estivesse nem bêbado, nem drogado, nem louco. Não o viu jogar água no rosto. Não o viu sentar-se na cama e telefonar para seu pai. Não o escutou dizer o que havia acontecido. Nem escutou quando o pai lhe disse que Ramelli se encarregaria de tudo, que ele ficasse tranquilo. Não viu a si mesma com a boca aberta, os olhos arregalados, como se toda a sua vida tivesse ficado parada numa expressão de grito, e não soube de nada disso porque, mesmo temendo muito, mesmo desejando saber intensamente, Sabrina estava morta.

27

Para Diazgranados, uma psicanalista não era muito diferente de uma fonoaudióloga ou de uma nutricionista. Talvez por ter estudado em Paris, tivesse técnicas melhores para ajudá-lo a perder cinquenta quilos sem parar de comer, pensou. Mas o que realmente o levou a telefonar para Claire foi a pergunta sobre o filho dele. Aníbal queria saber se Luis Armando tinha uma amiga chamada Aline; seu filho disse que não conhecia ninguém com esse nome. Por que essa doutora, que aparentemente não tinha nenhum vínculo com ele ou sua família, mentia para conseguir saber o nome do filho? Marcou uma consulta. Mas, depois de marcá-la, pediu que a seguissem. Foi assim que soube que um dos lugares mais visitados pela doutora era um salão chamado "A Casa da Beleza", lugar do qual, por coincidência, sua mulher também era cliente assídua.

Depois soube que quem atendia tanto Claire Dalvard como sua mulher era uma moça linda chamada Karen Valdés, a putinha que Ramelli tratava como namorada. Pensou que um raio não cai duas vezes no mesmo lugar e se deu conta de que tinha que ficar alerta sobre o assunto. O que essa moça poderia saber sobre o que acontecera? Afinal, os jornais não haviam dito que uma das últimas coisas que Sabrina Guzmán fez antes de morrer foi ir a um salão de beleza na Zona Rosa? E se o salão de beleza fosse esse também? E se Claire, sua mulher, Karen e a morta estivessem conectadas num espaço vetado aos homens onde poderiam acontecer conspirações e segredos?

Passava das sete horas. Segunda-feira era um dia bom na Casa, mas aquela havia sido especialmente ruim. Karen queria falar com Susana, contar que iria morar sozinha. Vinha com vontade de conversar, se jogar no sofá e falar com sua amiga. Não tinha clientes nessa noite. No caminho, comprou um sorvete. Seria a última noite debaixo do mesmo teto, elas iriam aproveitar. Foi só entrar em casa para sentir que as coisas não seriam como tinha imaginado. Apesar do espaço pequeno, não dava para ver o outro lado do apartamento por causa da fumaça. Jogada no sofá, Susana via *Protagonistas de novela*. O ambiente estava empesteado pelo cheiro de maconha. Karen a cumprimentou, mas Susana não respondeu. Sentou-se ao seu lado, mas a outra não desgrudava os olhos da tela, onde um grupo de homens e mulheres, num conjugado pobre, ia e vinha vestido com camisetas pretas com os seus nomes estampados. Karen leu "Júver", "Yina", "Everly", "Omar" e "Ana María". Sentou-se perto da amiga. Observou como Yina, apertada num jeans estampado, com apliques no cabelo, cílios postiços e rímel azul, dizia a Júver: "Como é possível que essa vaca traidora tenha indicado sua melhor amiga para sair da casa?". Na cena seguinte, Júver lambia a orelha de Ana María.

— Você está bem? — tentou Karen.

— Estou vendo televisão — disse Susana enquanto dava um tapa no baseado.

— Esse programa é nojento.

Susana respondeu aumentando o volume.

— Não precisa ver se não quiser — disse, e Karen sentiu um cheiro de bebida no ar.

— Me dá um gole da sua Coca-Cola?

— Pega uma pra você, tem mais na cozinha.

— Só quero um gole. — Karen pegou o copo. — Fica gostoso com rum.

— Já sei o que você está tentando fazer — respondeu Susana.

Karen desligou a televisão justamente no momento em que Andrea Serna dizia: "E quem vai para o paredão da casa é...". Susana se levantou com raiva.

— Te dou abrigo na minha casa, abro as portas de um trabalho bem pago para você, mais do que isso, um trabalho que vai mudar a sua vida, e você aparece aqui para me julgar como se fosse melhor que eu!

— Se o trabalho vai mudar a minha vida, espero que não seja da mesma forma que mudou a sua.

— O que você quer dizer com isso? — disse Susana.

— Você tem bebido muito. Passa o dia bêbada... e paralisada.

— E?

— E isso não é bom.

— O que é bom para mim na sua opinião, mosca morta?

Karen ficou calada. Susana ligou a televisão. O programa já tinha acabado. Uma voz dizia: "Guerrilheiro, anda, sua família te espera", e aparecia um campo verde com girassóis, um céu azul de fundo e umas crianças correndo pela planície.

— Estou indo embora — disse Karen.

— Ótimo.

— Não, estou falando sério, vou embora. Encontrei um apartamento e vou ficar nele a partir de amanhã. Já paguei o mês de outubro.

— E Emiliano? E o sonho de trazer o menino para morar contigo? Sabia, sabia que tudo era uma puta mentira — disse Susana. — Reconheça, querida. — Você vive há anos mentindo para si mesma. Você não é melhor do que eu e já se esqueceu do seu filho.

Karen deu uma bofetada na amiga. Susana olhou para ela fixamente e complementou:

— Quanto custou o aluguel desse apartamento? Se eu já tinha dito que podíamos colocar Emiliano aqui. Que eu te ajudaria.

— Aqui não tem espaço — Karen se apressou em responder.

— E lá tem? Você tem um quarto para ele? Ou não tem porque o dinheiro para pagar um apartamento de dois quartos você já conseguiu, mas gastou em botas, blusas, bolsas e perfumes?

Sem responder, Karen pegou o caderno de telefone de Susana, o telefone sem fio e se fechou no banheiro.

— Você é uma puta! Aceite! Uma vaca, interesseira, só quer ter coisas bonitas, *bitch*! — gritou Susana, batendo na porta do banheiro.

Com muita raiva, Karen procurou a letra M de "mãe" no caderninho da amiga. Ali estava o número da mãe de Susana, que Karen nunca tinha visto pessoalmente mas já havia escutado falar ao telefone com a filha. Digitou o número e esperou que tocasse duas, três vezes.

— Alô?

— Estou falando com a mãe da Susana?

— Sim, quem é?

— Quem está falando é Karen Valdés, sou amiga da sua filha.

— Aconteceu alguma coisa com Susy? — perguntou, a voz aflita do outro lado da linha.

— Sim, senhora. Teve uma recaída. Está bebendo muito, se drogando, o discurso está incoerente, está fora de controle, talvez seja necessário interná-la — completou Karen com a voz pausada. — Sinto muito. Já fiz tudo o que podia, senhora, mas na verdade sua filha está doente e eu não posso ajudá-la.

Quando Karen saiu do banheiro, Susana tinha ido embora. A televisão continuava ligada. Arrumou suas coisas o mais rápido que pôde e se foi. Nunca mais teve notícias de Susana.

28

Já tinham passado alguns anos desde a última vez que tinha trabalhado como manicure e pedicure, mas naquele dia teria que fazer pelo menos quatro atendimentos. Dilia não fora trabalhar, e elas precisavam se dividir para substituir a colega de trabalho.

Sentada de cócoras, Karen lixava os calos do dr. Del Castillo com uma pedra-pomes. Ao lado estava a mulher dele, que se chamava Nubia, uma das veteranas da Casa.

Karen olha os pés ressecados e as unhas esverdeadas e se pergunta como deve ser o pau do dr. Del Castillo. A ideia produz nela um ligeiro enjoo, e sente uma vontade enorme de esfregar as costas na parede.

— Sim, querida, uma pena, de verdade. Você, que é novinha, deveria ir embora do país, recomeçar em outro lugar. Aqui está crescendo esta "nova Colômbia", uma classe feita de pessoas com dinheiro, mas saída ninguém sabe de onde — dizia dona Elena à sra. María Elvira.

— Ao menos nós do Country continuamos a ser do Country. Mas, repare, o problema da invasão dos *nouveaux riches* está por toda parte.

— Exatamente — concorda dona Elena.

— E isso sem mencionar a violência, que está terrível.

— E que hoje em dia até pegar um táxi é tão perigoso quanto se atirar do quinto andar.

— Mas vocês não escutaram a notícia esta manhã pelo rádio? Um tal de John saiu de um desses lugares em Chapinero na madrugada de domingo e, por não querer se submeter a um sequestro relâmpago, levou três tiros — diz o dr. Del Castillo.

— Ah, sim — diz dona María Elvira, que parece sempre saber de tudo —, foi John Toll, agente da Agência Antidrogas norte-americana. No twitter informaram que o coitado não sobreviveu, uma pena, era um loirinho dos mais lindos…

Karen sente vontade de vomitar, mas aguenta o tranco. Vê três pés em vez de um. Faz um esforço. Respira, como já lhe disseram para fazer. Concentra-se em expirar e inspirar. Tenta contar até cem, como recomendaram que ela fizesse quando estivesse à beira de um ataque de pânico. Tenta imaginar que está no campo. Continua vendo três pés em vez de um. Não consegue passar de dez na contagem.

— Ai, que vergonha desse país diante da opinião internacional — diz dona Elena. — Por isso é que estamos desse jeito.

— Que tristeza esse país — completa dona María Elvira.

— Esses delinquentes deveriam ser presos e receber uma lição — diz o dr. Del Castillo. — Você já sabe os detalhes do que aconteceu?

— O homem não quis entregar a maleta, então levou três tiros. Estava ferido quando um bom samaritano o levou para o hospital Santo Ignacio, mas estavam quase chegando quando o pobre rapaz morreu de tanto sangrar…

— E isso aconteceu onde?

— No parquinho da 59, imagine.

— Uma monstruosidade — diz o dr. Del Castillo.

Karen se pergunta se haveria outro gringo que teria saído dos quartos de Chapinero, atravessado o parque da 59 na madrugada de domingo e levado três disparos, que não fosse John, o mesmo que na madrugada de domingo entregou a ela um envelope com setecentos mil pesos.

— E o que ele fazia em Chapinero a essa hora?

— Claro que estava transando. Vocês não sabem que há vários motéis por ali? — diz dona María Elvira.

Justo nesse momento, Karen perde o controle do cortador de unhas. O dr. Del Castillo solta um grunhido.

— E a companhia dele não seria cúmplice? — pergunta dona María Elvira, ignorando o grito.

— Ai, minha filha! Cuidado, que estou quase morto mas ainda não morri! Pobre mulher — diz o dr. Del Castillo entre dentes. — O fato de ser puta não a transforma em assassina. — Umas gotas de sangue pingaram na água.

— Desculpe, mas uma prostituta não é nenhuma santinha — diz dona María Elvira.

— Coitada da família — completa dona Elena.

— Coitados — repete dona María Elvira. — Vocês sabiam que o homem lutou no Afeganistão? E vem morrer logo em Bogotá, nas mãos de um índio selvagem. É um absurdo.

— Desculpe — diz Karen com um fio de voz. Corre até o banheiro. Vomita. Em seguida, senta-se no vaso. Sua cabeça está girando. Tenta pensar. Por um segundo quer telefonar para Wílmer, perguntar se foi ele que fez isso. Tem um mau pressentimento. Levanta-se. Desce para o segundo andar sem dar explicações ao dr. Del Castillo, que fica olhando para ela de boca aberta. Entra na cabine, procura na carteira o cartão de Consuelo Paredes e telefona para ela.

— Luis Armando Diazgranados, dona Consuelo. Era com ele que sua filha ia se encontrar no dia em que fez a depilação.

— Quem está falando? — diz Consuelo Paredes, ainda em estado de choque.

— É a Karen, da Casa da Beleza.

— Como assim? — diz quase gritando Consuelo Paredes. — Por que você não falou nada antes? O que mais você sabe? Fale!

— Não sei. Acho que isso vai terminar mal. Peço, por favor, para a senhora não dizer que fui eu que falei. Se mais para a frente acontecer alguma coisa comigo, procure Claire Dalvard; você pode conseguir o número, dela na Sociedade Nacional de Psicanálise.

— LAD — disse Consuelo baixinho.

— O que foi que a senhora disse? — Karen pergunta.

— Esqueça, obrigada por me telefonar.

Ao desligar, Karen volta a se perguntar se deve procurar Wílmer. Hesita. Digita o número e o celular toca. Do outro lado, ninguém atende.

29

JORGE GUZMÁN CONSEGUIU UM ADVOGADO que soube intermediar as demandas do caso e, em poucos dias, garantir que um agente estivesse trabalhando na investigação. Tinham uma lista de entrevistas para realizar: as amigas de Sabrina, o médico que escreveu a certidão de óbito e Karen Valdés, por ter sido a última pessoa a vê-la. Pelas delegacias da cidade circulava o retrato falado do taxista que deixou Sabrina na entrada da sala de emergência. Por outro lado, de posse de uma ordem judicial, começaram a investigar em hotéis ao norte da cidade mostrando uma foto de Sabrina e perguntando se alguém já tinha visto a moça. Também procuravam seu nome nos livros de registro, mas suspeitavam de que havia dado um nome falso e esse não seria o melhor caminho. No que dizia respeito à necropsia, não era possível encontrar amostras de DNA ou sêmen por terem se passado quase três semanas desde os acontecimentos até o momento do exame. Tinham conseguido uma amostra da letra de Luis Armando Diazgranados, e, segundo os cálculos de Kollak, a prova grafológica demoraria algumas semanas para ficar pronta. Se elas coincidissem, poderiam vinculá-lo ao caso e, em seguida, pedir o monitoramento de suas ligações telefônicas nos últimos seis meses e fazer o rastreamento. A prova de DNA, que teria sido a evidência mais contundente, só serviria se a necropsia tivesse sido realizada dez dias antes. Mesmo assim, o processo estava em curso. Pela primeira vez em quase quatro meses, Consuelo Paredes e Jorge Guzmán não se sentiam completamente derrotados.

30

ERA 31 DE OUTUBRO, dia de seu aniversário. Para não deixar passar em branco, Lucía havia comprado um pão de chocolate e o comia com uma tigela de morangos. Folheava o jornal quando uma foto de Eduardo a pegou de surpresa. Não se tratava do artigo que ela lera havia alguns meses, que falava da Cruz Salud como uma das entidades prestadoras de serviços acusadas de corrupção. O novo artigo acusava diretamente Eduardo Ramelli, como representante legal de estar roubando recursos do Estado. Leu o artigo e, antes de terminá-lo, o telefone começou a tocar e não parou mais. Não eram telefonemas de feliz aniversário, e sim gente incomodada com a notícia que a procurava para expressar solidariedade a Ramelli. Escutou frases como "deveriam fechar esse jornalzinho pelas mentiras" ou "sabemos que Eduardo nunca faria uma coisa assim", usando um plural que para Lucía parecia um pouco confuso por não saber que pessoas incluía. A própria mãe de Lucía telefonou e passou pelos parabéns com rapidez para em seguida dizer a ela que estava ao seu lado naquele momento tão difícil, frase clichê que Lucía interpretou como um gesto de grande solidariedade, direcionado mais ao ex-marido do que a ela. Em tom confidente, concluiu: "Deveriam prender esses jornalistas por infâmia". Lucía preferiu ficar calada. Ia desligar o celular quando a minha chamada apareceu.

— Como você está? — perguntei.

Lucía começou a chorar.

— Quer que eu vá à sua casa?

— Venha rápido — disse.

Olhava ao redor com estranheza. As coisas que a haviam acompanhado pela vida inteira pareciam desconhecidas naquele momento. Ela mesma, sua própria vida. Estava chateada. Não entendia por que tinha tomado as decisões que tomou. Era muito tarde para se reinventar, pensava. Cinquenta e sete anos era tarde demais para começar de novo.

Levei para ela uma caixa de chocolates e uma colcha de lã. Lucía preparou chá. Cheguei bem rápido para os padrões do tráfego da capital e a encontrei de moletom, com o rosto vermelho e congestionado. .

— Como você está? — voltei a perguntar, dessa vez olhando nos olhos dela.

Lucía tirou um chocolate da caixa e ficou olhando para ele antes de colocá-lo na boca.

— Você acha que é verdade? — perguntei.

— Sim — disse Lucía, olhando para o outro lado, e completou: — a nossa vida é uma invenção, não acha? Uma coisa que inventamos do princípio ao fim. Incluindo os supostos momentos felizes que dão sentido a uma invenção.

Ao terminar de dizer isso, devorou o chocolate numa mordida só.

— Outro? — perguntei.

— Que seja. Me serve um uísque? — pediu Lucía.

Pareceu desnecessário avisar que era terça-feira e que não passava de dez da manhã. Abri os armários até dar de cara com a bebida, procurei um copo, enchi até a borda e dei a ela.

— Você não vai tomar?

— Tenho um paciente à uma da tarde.

Mas, logo depois de responder, me levantei e me servi de uma quantidade menor.

— Antes, tudo me interessava... Numa época comecei a ter uma curiosidade incomum pelas menores coisas, sabe? A vida dos carrapatos, das pulgas...

Lucía tomou um gole grande de uísque.

— Acho que papai sempre me viu como uma mulher inteligente, mas na cabeça dele o meu papel principal era me casar com alguém importante, um ministro. Para ele, eu parecia tão suave e discreta. Dizia para minha mãe: "Lucía é tão suave e discreta. Vai ser muito bem casada". Isso me surpreendia num homem como meu pai.

— Como é essa história com as pulgas?

— Achava interessantes. Talvez eu pudesse ter sido uma bióloga, uma expert no órgão reprodutor das baratas, por exemplo.

— Talvez.

— Eduardo já não está comigo, é verdade, mas eu também não estou. Consegue me entender? Não sobrou nada no lugar onde eu estava, Claire. Sobrou este corpo velho e feio, estes desejos estilhaçados de uma vida simples, com alguns momentos de felicidade. Eu sempre quis ser aprovada, Clairzinha. Esse tem sido o meu carma. Se eu apenas pudesse viver a minha vida — disse e bebeu outro gole de uísque.

— Está chateada?

— Não sei — disse, pegando a colcha que estava sobre o sofá e dobrando-a meticulosamente. — Estou triste. Por que alguém se empenha em viver uma vida que não é a que queria viver?

— Tá certo, isso você não tem que fazer mesmo, querida — disse.

Ela me jogou uma almofada.

— Nem isso — completou com um meio sorriso. — Graças a Deus meu pai não viveu para ver isso. Teria uma imensa decepção.

Lucía ficou quieta. Começou a olhar para longe, como se estivesse vendo um programa de televisão na parede. Pensava também em quantas mulheres sentiam que haviam destruído suas vidas por quererem agradar alguém, por fazerem as coisas para serem vistas, mais do que por vontade ou intenção de fazê-las. E talvez muitos homens também, mas disso eu não tinha evidências.

Mesmo que eu não acreditasse que esse fosse o meu caso, acho, sim, que quase havia fugido de uma sociedade que parecia estreita para chegar a um país onde sempre fora estrangeira. Era um pássaro sem árvore e, no entanto, estava confortável. Mesmo assim, não era totalmente feliz. Era tão difícil aprender a se doar na medida certa. Entregar-se ao outro sem se perder. Então não pude evitar sorrir com ironia, já que esses eram os temas dos livros que Ramelli escrevia.

— Há muitas mulheres que nem sequer chegam a se dar conta do que você está me dizendo — falei.

— Eu daria tudo para ser uma delas — disse Lucía.

Acendi um cigarro, Lucía me pediu um trago.

— Não lembrava que você fumava.

— Não fazia isso há mais de vinte anos. Na verdade não gosto nem um pouco de cigarro — complementou dando um outro trago. — Está ali no calendário, está vendo? — disse, virando a página do mês de julho. — Este círculo vermelho significa que desde esse dia ninguém poderia mais fumar aqui.

— Já estamos fumando — eu disse.

— Claro, é que nós, sim, podemos.

— Parece justo — respondi.

— Há muito tempo eu me perguntava de onde poderia vir tanto dinheiro com a simples venda de livros… A conta não fechava, mas talvez eu tenha olhado para o outro lado, não quis ver o que estava diante de mim.

— Você não pode se culpar por isso.

— A quem culpamos, então?

— Ninguém.

— Nesse país nunca ninguém tem culpa de nada.

— E o que você vai fazer com a culpa?

— Alguém tem que assumir a responsabilidade, Clairezinha. Alguém tem que ser culpado.

— Então vai ser você? Se oferece voluntariamente como culpada?

— Sabia que existem mais de duas mil e duzentas espécies de pulgas? — disse Lucía tomando o resto do uísque do copo.

— Quem é capaz de roubar dinheiro da área de saúde? — falei.

— Meu ex-marido! — respondeu Lucía, servindo-se de mais um copo. — O canalha com quem eu dormi por mais de três décadas!

— Ele, sim; você, não.

— O guru da espiritualidade e dos valores da vida cotidiana. O cara que prega sobre o bem-viver e a transparência nos livros que eu escrevo!

— O que foi que você disse, Lucía?

— Em que parte? — perguntou, com os olhos avermelhados.

— Que quem escreve os livros é você! É sério isso?

Lucía se cala.

— Você escreveu de verdade um livro que se chama *Me amo*?

Solto uma gargalhada. A risada deixa os meus olhos úmidos e sacode todo o meu corpo. Minha reação é tão descabida quanto inesperada. Eu me jogo no sofá. Lucía me olha, primeiro surpresa e, pouco a pouco, vai se contagiando com a risada, até as duas se juntarem numa grande gargalhada. Vamos nos acalmando. Não é o momento para encher Lucía de perguntas incômodas sobre como havia se transformado na *ghost writer* do seu ex-marido, a confissão já tinha sido o bastante.

— Agora que você se levantou, não pensa que debaixo do seu sapato há um belo casal de pulgas copulando?

Sua ideia me rouba um sorriso.

— Você se dedicou aos seres humanos quando o que te interessava eram os carrapatos; como pôde ir tão longe?

— Me deixei levar.

Ao meio-dia estávamos bêbadas. Lucía preparou um café duplo.

— Você já pensou em tentar escrever ficção? — perguntei, já com a xícara de café nas mãos.

— Nunca pensei nisso.

— Você tem mão para a escrita, e sem dúvida não te falta imaginação. Essa história de pulgas que copulam — disse — me interessou, seria uma boa história em quadrinhos ou um livro ilustrado.

— É um interesse que levo a sério, Clairezinha — falou. — Para mim, quem tem veia de ficção é você. Talvez, sem saber, agora mesmo você já esteja começando a trabalhar em algo.

— Estou um pouco velha para isso — me defendi.

— Você não vive insistindo em que estamos no terreno da fantasia?

— Bom, para algumas coisas, já para outras… Adivinha quem vai ser o meu paciente das treze horas.

— Quem?

— O sócio do seu ex-marido.

— Diazgranados?

— O próprio.

— É estranho.

— Eu sei.

— Um muçulmano acredita mais no Menino Jesus que esse cara na psicanálise.

— Não vejo motivo para um muçulmano não ter direito de acreditar no Menino Jesus — eu disse.

— Se fizeram o que dizem que fizeram, são perigosos.

— Você está falando no plural.

— Eu sei. Duvido que Eduardo seja inocente.

— Acha que são capazes de matar alguém? — perguntei, me sentindo à vontade de uma hora para outra.

— Não sei. Isso não é brincadeira — disse Lucía. — Ganharam dinheiro com tutelas, com nomes de pacientes mortos, com medicamentos e materiais que não foram entregues... Eles estão enfiados na lama até o pescoço. Isso é uma merda. O jornal falava de três bilhões roubados. Vá para a sua consulta — completou Lucía. — Obrigada por ter vindo. E, caso queira me contar algo sobre isso, não ligue para o celular. Não estou brincando.

— Então vamos marcar um encontro na próxima semana. Quer ir à minha casa? Assim eu conto o que Diazgranados queria e pensamos no que você vai fazer.

— Isso vai ser um pesadelo. Ninguém vai acreditar que eu não sabia de nada — disse Lucía.

— Talvez te chamem para que você diga algumas coisas, mas logo tudo vai acabar, você vai ver. Posso te perguntar uma coisa?

— O que quiser.

— Como você pôde se apaixonar por Eduardo? Não entendo isso.

— Nem eu. Me inspirava ternura. Parecia indefeso, eu gostava de sentir que era capaz de consolá-lo... Não faço ideia.

Demos um longo abraço na porta.

— Você se lembra da Karen, de quem falei? Uma cliente dela morreu em circunstâncias estranhas depois de um encontro com Luis Armando Diazgranados, filho do Aníbal. Chamaram a moça para testemunhar — eu disse.

— E você? O que acha? Que esse rapaz está envolvido na morte?

— Na verdade, não sei — disse. Mas talvez sejam mais perigosos do que imaginávamos.

— Não sei. Duvido que Eduardo entenda até que ponto está envolvido com criminosos — refletiu Lucía.

— Você acha que ele é inocente?

— Inocente, não. Pode ser um ladrão de colarinho branco, mas não é um assassino — completou.

— Então é melhor você avisá-lo — eu falei. Talvez seja mais ingênuo do que você pensa. Talvez não enxergue o perigo no qual se meteu.

— Por quê? Você acha que podem fazer alguma coisa com ele?

— Não sei — repeti.

— São sócios, mas neste caso a culpa é toda do Eduardo — disse Lucía.

— Exatamente. Diazgranados pode ter medo que ele abandone o barco. Não acha?

— Não me deixe sozinha nessa história, Claire.

Nós nos abraçamos novamente, e fui embora.

31

KAREN NÃO COSTUMA OLHAR PARA TRÁS, vive tão absorta no dia a dia que não consegue se lembrar de fazê-lo. No entanto, de vez em quando algo a deixa inquieta consigo mesma, ainda que seja por um instante. Foi assim quando, na casa de um cliente no bairro de Santa Ana, ela ficou acariciando as cortinas por um longo tempo e pensando no vestido que poderia ter feito com aquele tecido. De vez em quando uma ideia, uma imagem, um cheiro a fazia se lembrar de quem eram. Mas quem ela era? Ao se olhar no espelho, já pronta para sair, o cabelo liso, as botas altas, a bolsa e o sobretudo, sabia que a Karen do presente era uma mulher que podia entrar num edifício sem ser olhada de cima a baixo, que a cumprimentariam chamando-a de "doutora", "senhorita" ou "senhora", com certa respeitabilidade no tom de voz, algo que conquistara com a roupa, o cabelo sedoso e a forma de modular as palavras. Karen queria ser essa pessoa que ela via no espelho na saída do apartamento com piso de mármore e torneiras douradas, não aquela que acariciava cortinas para se imaginar num vestido feito com aquele tecido nem aquela que recordava com saudade do calor grudento do sol a pino de Cartagena, do antro onde dançava salsa enquanto as paredes suavam e ela se abandonava no corpo de um só homem para se deixar misturar com a música, sem ter que dizer uma palavra e com a liberdade de ir se sentar à mesa logo que acabasse a música. Apesar da fome, do medo, da falta de sono, de uma vigília atônita que a mantinha entorpecida e alerta, Karen queria ser essa pessoa magoada; quebrada, mas respeitável.

Talvez por isso, pelo esforço investido em ser essa mulher com aparência rica e educada, por seu desejo veemente de ser de fato aquela imagem projetada. Karen aproveitava a satisfação de passear pelo shopping Andino num domingo de manhã, entre mães apressadas comprando de última hora o presente de aniversário da amiga da filha, crianças gordas montando incessantemente nos brinquedos mecânicos, anciãos passando o dia no cinema, aproveitando o desconto para a terceira idade, vitrines com produtos caros e homens de negócios procurando um presente de casamento ou de aniversário. A aparência de riqueza era suficiente para que Karen se sentisse acolhida por aqueles que antes pareciam rejeitá-la.

Talvez por isso o chamado de dona Josefina de Brigard a tenha pegado de surpresa. Perguntou a referência do batom que ela tinha começado a usar nas últimas semanas. Ingenuamente, Karen respondeu entusiasmada. Depois perguntou onde havia comprado a jaqueta, as botas e a bolsa. E no final disse:

— O macaco, mesmo se vestindo de seda, continua sendo macaco.

Diante do olhar assustado de uma Karen ofendida, continuou:

— Nada combina, mocinha. Você parece um arremedo de algumas mulheres que passam pela sua cabine.

Karen calou-se.

— Posso me retirar, senhora?

— Pode — disse Josefina de Brigard, cravando os olhos nuns papéis, sem voltar a olhá-la.

Karen fechou-se no banheiro, mas desta vez, em vez de chorar, de se cortar ou de telefonar para Wílmer ou para mim, ficou se olhando por muito tempo diante do espelho tentando compreender qual havia sido seu erro na hora de se vestir.

32

Cheguei em casa dez minutos atrasada. Aníbal Diazgranados abriu a porta e me fez entrar.

— Querida Claire, seja bem-vinda.

Ele me chamou para entrar na salinha onde eu fazia as sessões e se sentou no meu lugar, de modo que eu não tive outro jeito a não ser ocupar o lugar do paciente. Eu me perguntava onde estaria Luz, a empregada, mas não me atrevi a dizer a ele.

— Luz saiu para ir à farmácia buscar o meu remédio contra estresse — disse, como se tivesse escutado meus pensamentos.

— E ela concordou em deixar o senhor ficar aqui sozinho?

— Digamos que posso ser persuasivo.

— Com alguma ameaça? — perguntei.

— Com empatia — disse piscando um olho.

— E como você consegue essa empatia?

— Diga-me você, dra. Claire: é daquelas que maltratam as empregadas domésticas? Porque a minha mulher é assim, e é uma ótima mulher, não me interprete mal. É que eu nunca conheci uma boa mulher que não o faça.

— O que você quer dizer com isso?

— É assim que você ganha trezentos mil pesos em uma hora? Perguntando de volta?

— E é muito difícil para você, congressista, ganhar o seu salário?

— Digamos que seja mais difícil que se jogar num sofá e perguntar idiotices.

— É assim que você vê a minha profissão?

— Cheira a agressividade essa sua forma de me interpelar, doutora — disse Diazgranados.

Os olhinhos de toupeira brilhavam na cara grande e flácida emoldurada por uma volumosa papada.

— Posso lhe oferecer um copo d'água?

— Obrigado — disse Aníbal.

Saio para buscar. Eu me pergunto o que ele fez para conseguir que Luz abandonasse a casa. Na volta, com o copo na mão, eu o encontro afrouxando o nó da gravata, como se estivesse com falta de ar. Tive o impulso de expulsá-lo da minha casa, mas me contive. Aí tive vontade de jogar a água na cara dele. Não joguei. Fui uma covarde. Entrego a ele o copo d'água, que ele bebe em grandes goles enquanto penso como poderia me livrar dele aqui mesmo, no meu consultório. "Talvez com o candelabro de ferro forjado", digo a mim mesma, "ou com o cortador de papéis, herança da minha avó." O homem-morsa faz barulho ao beber a água. Suas mãos são grossas, peludas, de dedos pequenos. Agora me pergunto como fez para entrar, não apenas no apartamento, mas no edifício. Luz tinha instruções rígidas, como todos os prestadores de serviço têm, assim como o vigia. O vigia não podia deixar entrar ninguém que não fosse autorizado pelo proprietário ou residente do condomínio.

— Por que pediu uma consulta?

— Vi a senhora cumprimentar a minha mulher no casamento da filha do ministro.

— Não entendo.

— A senhora cumprimentou Rosario, minha mulher.

— Vamos ao mesmo salão de beleza. É um crime?

— Por que? Alguém está falando de crime aqui dentro?

De repente me sinto sufocada pela leve embriaguez que não me deixa pensar, pelo medo e pelo cheiro excessivo de loção no ar. Que cheiro ele deve ter quando não coloca meio frasco de patchuli todas as manhãs? As náuseas vão revirando o meu estômago.

— Imagina que o meu avô foi um conservador dos mais comprometidos. Ele me contava de que forma, na época da Violência,* teve que brandir o facão e treinar os pescadores a cortar cabeças como se estivessem tirando pétalas de margaridas. Sabia que uma cabeça pode continuar guinchando depois de ser cortada?

— Não sabia, mas acho cientificamente improvável.

— E não lhe parece engraçado? — disse Diazgranados, emitindo uma espécie de grasnido.

— Na verdade, não.

— Veja bem, doutora, eu me criei em uma família importante, sempre fizemos política, vimos defendendo nossa posição com unhas e dentes, como lobos.

— Continuo sem entender o porquê de tudo isso.

— Simples: uma pessoa dá o que recebe. Colhe o que planta. Entendido? — disse Aníbal.

— Está me ameaçando?

— Você tem uma fixação por essa palavrinha, doutora, teria que analisar essa questão.

— Acabou o nosso tempo — eu disse, olhando o relógio enquanto Aníbal tirava um maço de notas da carteira.

---

* Período entre 1948 e 1958, marcado por conflitos entre simpatizantes dos partidos liberal e conservador da Colômbia detonados pelo assassinato de Jorge Eliécer Gaitán, candidato à presidência pelos liberais, em 9 de abril de 1948, ato que desencadeou uma série de mortes – entre duzentas e trezentas mil – e a migração de mais de um milhão de colombianos. (N. E.)

— Eu posso comprar o seu tempo. Uma semana, um mês, um ano. Sua vida inteira.

— Não é assim que funciona — respondi.

— Tenho a impressão de que a senhora, como a classe de intelectuais e acadêmicos, se apega às normas e aos papeizinhos, mas ignora a realidade. Doutora, me permita dizer claramente: é a senhora que não quer ver como as coisas funcionam.

— E, segundo o senhor, qual é essa realidade que eu ignoro?

— A realidade é que uma cabeça guincha depois de cortada.

— De novo uma ameaça.

— Pode chamar como quiser. Só estou dizendo que há coisas que é melhor não comprovar. Receba como um conselho de amigo.

— Agradeço — disse. — Agora vá embora.

— É verdade que o que se fala aqui não sai daqui? De outra forma eu teria que duvidar do seu profissionalismo.

Não consigo responder. A garganta fecha completamente. Tremo. Com muito esforço me levanto da cadeira e abro a porta.

— Por favor — digo.

Antes de sair, arrematou:

— A senhora tem uma amiguinha, Karen Valdés, uma moça que não é ninguém, mas a senhora tem essa atitude da colonizadora que vem para ajudar os pobres. Um conselho, doutora: deixe essa moça assumir seu próprio destino. Já temos o seu caso resolvido, não há mais nada a fazer, quem interferir vai sair queimado.

— O que foi que Karen fez?

— Karen não é quem você pensa, doutora. Karen Valdés é uma prostituta e uma criminosa.

— Isso é mentira — disse. — O que vocês vão fazer com ela? — insisti com a voz embargada.

— Sra. Dalvard, fique calma, agradeça o fato de a senhora e sua filha gozarem de liberdade e boa saúde. E, agora, a senhora deve entender que, quando um congressista da República se ausenta da plenária, a pátria sofre consequências nefastas. Estamos debatendo projetos de enorme envergadura, como a reforma da saúde, por exemplo, e nada mais nada menos do que o Marco Jurídico para a Paz.* Por isso lhe peço, senhora, não me faça voltar aqui. Para o seu bem, o meu e o da pátria. Uma última coisa antes de me despedir: sabe que remédio posso tomar para emagrecer?

— Não — eu disse.

— Claro. Como eu imaginava, a sua formação "médica" só serve para lidar com doenças imaginárias.

Levantou-se parcimoniosamente da cadeira e, ao abrir a porta, vi Luz no umbral da cozinha segurando timidamente um pacotinho na mão.

— Obrigado, irmã — Aníbal disse a ela fazendo uma reverência.

— De nada, irmão. Foi um prazer lhe servir — completou Luz.

— E como ele entrou? — perguntei a Luz logo que a porta se fechou.

— É pastor. É congressista e pastor.

— Esse cara disse isso e você o deixou entrar?

— Sim, senhora.

— Por quê?

— É um irmão da minha congregação.

As ânsias de vômito me fizeram sair correndo para o banheiro, onde foram parar no vaso os copos de uísque que eu tinha tomado com Lucía. Eram apenas duas da tarde, faltavam quatro pacientes antes de terminar o dia. Depois de fazer gargarejos, arrumei a saia em frente ao espelho, coloquei uma mecha de cabelo atrás da orelha e voltei ao consultório, desta vez para me sentar na cadeira de couro.

A tarde passou lentamente. Escutei meus pacientes como se estivesse atrás de um vidro, como se estivesse dentro de um aquário e suas vozes soassem distorcidas e distantes. Quando finalmente ter-

---

* Ato legislativo aprovado em 14 de junho de 2012 que abriu o diálogo entre o governo e as Forças Armadas Revolucionárias da Colômbia (Farc).

minei a última sessão, me joguei na cama para ver o noticiário. Entre as imagens da onda de inverno, de gente afundada na lama, sem teto nem alimentos, me peguei pensando na relação com Luz, construída a partir de uma série de rituais aprendidos a partir da infância. Ela aprendeu a dizer, de cabeça baixa, o "sim, senhora", "não, senhora", "a que horas vai querer o almoço, dona Claire?", e eu aprendi a dar instruções, a cabeça erguida, a voz tensa como uma corda de violão: "O frango ficou muito bom", "já pode ir para casa", "não se esqueça de passar o aspirador no consultório". E Luz, de cabeça baixa, en-sinada a assentir, segue as instruções, concorda, sorri, sorri e con-corda. Senti uma certa vergonha ao descobrir que Aníbal pode se conectar com ela num nível mais humano em questão de segundos, inclusive mais do que eu já fiz, ainda que a veja quase diariamente no último ano e meio. O que eu sei da vida de Luz? Que é de Cómbita, que tem um filho e dois netos. Nada mais. Não sei nem sequer se gosta de café com açúcar.

33

Karen fora violentada. Sua terapia tinha sido quebrar-se à vontade. Com o tempo, ao quebrar a si própria, tornou-se mais resistente. A obediência era para ela uma forma de autodestruição.

Havia uma rachadura na parede. Pensou em dizer a Eduardo, mas se conteve. Ele acariciou seu rosto com ternura e com os olhos vidrados. Karen viu que estava mais velho do que nunca.

— Gosto muito de você — disse, acariciando seu ombro.

Era 29 de outubro, dois dias antes do aniversário de Lucía, do Dia das Bruxas e da aparição de Eduardo nos jornais como o responsável por ter desviado cerca de um bilhão de pesos dos mais de 3 bilhões roubados da saúde no país.

— Há uma coisa que quero te pedir — disse ele.

— Diga — pediu Karen, impaciente para ir tomar banho.

— Você me ajudaria a guardar um dinheiro? Será por algumas semanas, não mais que isso.

Karen ficou calada.

— Se vai te deixar mais tranquila, te conto a história. Para que saiba quanto confio em você e para que saiba que não te faria mal.

— Que história?

Eduardo contou da madrugada de 23 de julho, quando, jogado no sofá da sua ex-mulher, com muito uísque na cabeça, recebeu ao amanhecer a ligação de uma pessoa próxima que queria encobrir a morte de uma menina.

Contou a ela sobre o encontro no supermercado 24 horas na madrugada em que decidiram armar uma encenação para ocultar essa morte. Falou do médico envolvido, assim como do taxista, com quem havia falado pessoalmente. Karen olhava para ele como se o visse pela primeira vez. Parecia impossível para ela que o mesmo homem que encobriu um crime fosse o autor dos livros que ela lia. Sentia-se desencantada e ao mesmo tempo presa à sua própria história.

Karen supôs que esse sócio perigoso fosse Aníbal Diazgranados, pai de Luis Armando. No final, como se falasse de outra pessoa, Eduardo completou: "Se algum dia acontecer algo, Aníbal Diazgranados, o congressista, é o meu sócio. Ele sabe que você está com o dinheiro".

"Ainda não concordei em guardá-lo", pensou Karen, mas não chegou a dizer. Em vez disso, perguntou:

— Ele tem algo a ver com Luis Armando Diazgranados?

— É o filho — disse Eduardo. — Foi cliente seu?

— Não — respondeu Karen. E, mesmo tendo ficado ofendida com a pergunta, não disse nada.

— Bom, não me estranha, tem fama de ser bicha — concluiu Eduardo, colocando um roupão de seda.

Perguntou-se, também, se haveria alguma possibilidade de que o tal Luis Armando Diazgranados fosse alguém diferente daquele que ia ver Sabrina no dia em que ela atendeu a moça pela última vez. No banho, Karen pensou no que aconteceria se não aceitasse guardar o dinheiro de Eduardo. Quando saiu, escutou vozes na sala. Vestiu-se rapidamente enquanto tomava a decisão de me contar tudo. De pé, perto de uma mala grande, dois homens a observavam.

Foi nesse momento que entendeu pela primeira vez que poderia estar em perigo.

— Karen, meu amor, eles vão te acompanhar para guardar o dinheiro no seu apartamento.

Era uma mala grande, com capacidade para cerca de setenta quilos. Um dos homens olhava para ela descaradamente, de cima a baixo. Estava armado.

— Sua missão é simples: coloque isso num lugar seguro e espere que um desses cavalheiros, ou eu mesmo, vá buscá-la.

Karen me contou que olhou Eduardo com expressão suplicante, sem resultado. Ele piscou o olho, sorriu e disse:

— Vai com eles, Piccolina, você vai ficar bem.

34

FALTAVAM ALGUNS DIAS PARA CHEGAR o resultado da prova grafológica que determinaria se o bilhete encontrado no quarto de Sabrina havia sido escrito por Luis Armando Diazgranados. Caso contrário, precisavam de uma ordem da Promotoria para ter acesso ao histórico clínico do hospital San Blas; uma vez com a prova, poderiam conseguir permissão para interrogar Luis Armando Diazgranados e rastrear as chamadas do seu celular.

Jorge Guzmán não parava de andar pela sala do apartamento de sua ex-mulher, onde se reuniam. Seus olhos estavam vermelhos. Consuelo Paredes esfregou as mãos e falou sozinha. Estava com o cenho franzido e não parecia estar prestando atenção na conversa.

— Doutor, me diga que vai conseguir.

— O quê, dr. Guzmán?

— Prender o assassino.

— Farei o possível.

Consuelo se aproximou e serviu uma água aromatizada para o ex-marido.

— Ai, querido. Melhor teria sido não saber o nome desse rapaz, estaríamos mais tranquilos.

— Tem mais, interrompe Kollak. Acho que encontrei o nosso taxista. Estive falando com uns amigos da inteligência e cheguei a três candidatos: todos operam na área e às vezes fazem outros tipos de trabalho.

— Taxistas sicários?

— Eles gostam de ser chamados de empreiteiros.

— E você já localizou os três? — pergunta Guzmán.

— Há um que é mais suspeito, porque já andou metido com peixes grandes. Nas quintas, joga bilhar num bar em Chapinero.

— Ou seja, amanhã — diz Guzmán.

— Correto. Amanhã farei uma visitinha ao homem; vou ter notícias para vocês tão logo fale com ele.

— E o médico? — pergunta Consuelo.

— O médico não quer falar.

— E se o fizermos falar? — pergunta Guzmán.

Consuelo olha para ele surpresa.

— Esse tipo de trabalho eu não faço, mas, se o senhor quiser eu consigo alguém — disse Kollak.

Jorge Guzmán ficou calado, mas havia tanta raiva em seu rosto que um barulho surdo, desses que causam enxaqueca, se espalhou pela sala.

35

TELEFONEI PARA LUCÍA E CONTEI, palavra por palavra, a conversa com Aníbal Diazgranados. Estava com medo.

— Não pode estar falando sério, Claire — ela me disse.

— E se fizer algum mal para Eduardo? O seu ex é meio ingênuo para essas coisas — falei.

— Vou ligar para Eduardo agora mesmo — respondeu Lucía.

Uma hora mais tarde, voltei a telefonar para ela.

— Você falou com Eduardo?

— Não atende, deve estar jogando golfe.

— Vai me avisar?

— Assim que conseguir falar com ele.

Não pôde falar com ela naquela tarde, nem na seguinte, nem no dia seguinte, nem retornar a ligação, nem atender ao telefone nas muitas vezes que Lucía tentou ligar para ele. Talvez, se alguma de nós tivesse acreditado que Eduardo corria algum perigo, tivéssemos agido de outra maneira, teríamos ido buscá-lo, mas nada. Nunca imaginamos isso. Lucía chegou a deixar mensagens na caixa postal do celular. Primeiro dizendo: "Liga pra mim quando puder, por favor", e depois: "Eduardo, é sobre Diazgranados, me atende, eu tô te pedindo". Quando ele finalmente respondeu foi no mesmo 31 de outubro, enquanto dirigia para sua visita ao dr. Venegas.

— Eduardo, você sabia que o Aníbal foi ao consultório de Claire e a ameaçou? — disse finalmente.

— Do que você está falando?

— Ameaçou matá-la.

— Mas o que você está dizendo? — respondeu, soltando uma gargalhada. — Sabe o que eu acho, mulher? É Halloween, entendo que nesses dias os contos de terror nos assombram, mas tente relaxar, tome um *chai*, cubra seus pés...

— Podemos falar sério pelo menos uma vez na vida?

— Prometo que vou falar sério, e muito sério... Se você me der quinze minutos, estou estacionando, não demora, já te ligo.

— Eduardo, se cuida, tá?

— Será culpa dessa novela que você está vendo à noite?

— Não vejo novelas, vejo séries.

— Bom, alguma dessas porcarias está estragando a sua cabeça, magrela. Desligue a televisão.

— Você parece feliz — comentou Lucía.

— Já tem um tempo que alguém esquenta a minha cama.

— Não me diga, que surpresa.

— Você é uma chata. Já te ligo. E, *by the way*, feliz aniversário, magrela.

— Pensei que não iria se lembrar.

— Mas hoje é um dia especial para a humanidade inteira! — disse Eduardo.

— Você diz por causa do artigo no jornal sobre o seu desfalque no Tesouro Nacional?

— Fique quieta, mulher, é por isso que não estou atendendo o telefone! — falou antes de desligar.

Duas horas antes estava jogado no sofá, com a camisa aberta e as calças arriadas. Apesar do escândalo, estava alegre. Ter essa mala a salvo o tranquilizava. Na pior das hipóteses, ficaria preso por alguns anos, e depois ele e seu dinheiro estariam a salvo. Teria valido a pena.

Tinha o peito coberto de pelos brancos. Estava em forma, e Karen notava que ele estava calmo. Com os olhos fechados, deixava que ela o chupasse. Logo tudo voltaria ao normal. Acariciou a cabeça de Karen, que tentava sorrir.

— O que você faria com todo esse dinheiro se fosse seu? — perguntou, sem deixar de acariciá-la. Ela deu de ombros.

— Acabaria metida em algum problema — respondeu com um meio sorriso.

— Mas o que você gostaria de fazer?

— Iria para bem longe.

— Poderia ir muito longe e fazer outras coisas, é dinheiro pra caramba.

— Sempre quis fazer sexo em uma piscina, sabia? — declarou Karen, se levantando de repente, evasiva. — Você já fez alguma vez?

— Não é grande coisa — respondeu Ramelli. — Mas, se você quiser, podemos fazer agora mesmo numa piscina para que não passe vontade. — Karen sorriu. — Ou prefere ir a uma das muitas festas de Halloween pela cidade?

— Odeio me fantasiar — respondeu Karen.

— Vem. Vamos — chamou ele, pegando-a pela mão.

Ficou emocionada ao pensar que, mesmo com seus quase setenta anos, Eduardo ainda a pegasse pela mão para levá-la a uma piscina e satisfazer uma fantasia adolescente. Até então, só tinha ido a piscinas abarrotadas de gente.

Saíram do elevador, tiraram o roupão, entraram na água climatizada.

Através do vidro podiam ver como as luzes da cidade se derramavam até o ocidente.

— Você e eu somos o quê? — perguntou Eduardo depois de um longo beijo.

— Eu sou aquela que guarda a sua mala de dinheiro — respondeu, e deu um grito quando uma mulher de meia-idade olhou para eles de esguelha sem cumprimentar, deixou o roupão em uma das cadeiras e entrou na água.

— Hoje não é nosso dia de sorte — disse Karen, ajeitando o sutiã.

— Você acreditaria se eu dissesse que, em mais de um ano que moro aqui, nunca me aconteceu de dividir a piscina com alguém?

Antes de sair, Eduardo a pegou pela cintura:

— Gosto muito de você — declarou, olhando-a nos olhos.

Karen deixou escapar uma gargalhada.

— Que insensível que você é — disse Eduardo.

— Desculpe — Karen acrescentou sem deixar de rir.

Eduardo a puxou pelo braço para junto do seu peito:

— Vou te comer até fazer sua cabeça explodir.

Karen ficou calada. Saiu da piscina em silêncio. Secou-se com a toalha enquanto via a mulher de pernas brancas e arredondadas nadando de costas.

— Está tarde — disse, subitamente ansiosa.

— São quase oito horas.

— Isso, está tarde.

— Suba um pouquinho.

— Foi um dia longo, eu queria chegar em casa logo.

— Claro, vai contar as notas na mala, se é que já não contou ontem.

Ambos subiram pelo elevador. Com os pés descalços, foram elevados por uma caixa de vidro com vista para Bogotá. Karen se sente distante, desconectada. Foi invadida por uma sensação de enjoo acompanhada de secura na boca e taquicardia. Sentiu uma dor no peito e começou a respirar forte. Havia dias que não se sentia assim. Eduardo olhou fixamente para seus tornozelos cortados, depois seus punhos, parecia tê-los notado apenas naquele momento. As portas do elevador se abriram, e as mãos de Karen suavam. Ele a ajudou a entrar no apartamento, recostou Karen na cama e foi pegar um copo d'água na cozinha. Karen ainda não respirava normalmente. Eduardo ligou para o celular do dr. Venegas e perguntou a ele o que fazer:

— Preciso de uma receita para isso?

— Já me sinto melhor — disse Karen, embora ainda sentisse taquicardia.

Não eram nem nove da noite quando decidiu ir ao dr. Venegas, que entregaria a ele um medicamento para Karen.

— Volto logo, não saia daqui.

Karen ligou a televisão e levou um susto ao ver uma foto antiga de Eduardo na tela: "Tudo aponta para que a pessoa por trás desse ocultamento seja o reconhecido autor de autoajuda".

Karen voltou a telefonar para ele, dessa vez para contar o que estava vendo no noticiário, mas não conseguiu resposta. Na quarta vez que o telefone tocou, atendeu um oficial da polícia, que lhe perguntou qual era sua relação com o exânime.

— Com quem, oficial? — perguntou Karen se levantando.

— Com o morto, senhorita. Desculpe dar a notícia dessa maneira, o dono do celular para o qual está ligando foi encontrado baleado na rua 76 com a Quinta, junto a uma vítima identificada como Roberto Venegas, médico-cirurgião, funcionário do hospital San Blas.

Eram pouco mais de dez da noite. O oficial continuou falando, Karen havia deixado de escutar.

36

ERA A SEGUNDA VEZ QUE IA A UMA MISSA FÚNEBRE em quatro meses. Parecia que a sua vida inteira poderia se resumir nesse tempo. Vestiu-se o melhor que pôde, apesar do desânimo. Colocou suas escassas energias na tarefa de fazer um coque alto, pintar a boca com um batom cor de terra, escolher os sapatos apropriados, a blusa com um decote moderado, o sobretudo Massimo Dutti e a pequena bolsa preta Carolina Herrera que Eduardo lhe dera de presente e ainda não tinha estreado. Ela o vira pela primeira vez no funeral de Sabrina Guzmán. Talvez, se tivesse ficado atenta aos sinais, tivesse entendido que não se pode esperar nada de bom de uma relação com um homem que se conhece num funeral. Embora pouco tempo tenha se passado, Karen tentou se lembrar daquele dia chuvoso em que foi à missa da sua cliente. Sentiu que quem entrava na igreja dessa vez era uma pessoa diferente.

As pessoas se acotovelavam na igreja da Imaculada Conceição. Karen escolheu a última fila, num lugar lateral. Homens bem-vestidos, escoltas, carros blindados na entrada da igreja, vidros polarizados, poucas crianças, alguns jovens e muitos seguidores. Emissoras de rádio e televisão estavam lá. Queriam falar com Lucía, que parecia muito pouco interessada em dar declarações à imprensa. Era a despedida de "um grande guia espiritual colombiano dos desajustados emocionais", como o descreveu uma jornalista. Karen não escutava as palavras do padre. Muito menos ouviu quando um militar de uniforme repetiu a palavra "amor" três vezes enquanto levantava o punho no ar. A tosse de um velho retumbava nas paredes da igreja. O coro estava desarmônico. Tudo parecia equivocado, desafinado.

Talvez a dissonância generalizada se devesse à crueldade com que mataram Ramelli. Sendo um homem elegante, ou que pretendia sê-lo, morrera com tiros à queima-roupa, de moletom, numa esquina do exclusivo bairro de Rosale, onde ficou jogado como um cachorro, diante das vistas dos curiosos, até que uma boa alma resolveu chamar a polícia. Tudo fazia parte de um mal-entendido grotesco. Quando o militar terminou, uma mulher com o rosto queimado por ácido subiu sem ser vista, agarrou o microfone e disse que Eduardo a tinha ensinado a sobreviver, que graças a ele não deu um tiro na cabeça. Algumas pessoas aplaudiram com timidez. A mulher de Diazgranados chorava, desconsolada. Karen voltou a sentir a garganta fechando ao ver que se tratava de sua cliente Rosario Trujillo.

Ela me contaria mais tarde que, enquanto tudo isso acontecia, tinha uma sensação de mormaço, um mormaço de meio-dia em Cartagena, enfiada num ônibus onde um rapaz gritava as paradas — "María Auxiliadora", "Blas de Lezo", "Castellana" —, e ela se deixava levar pelos cheiros, de nêspera, de peixe, debaixo de um sol que apagava os confins das coisas para fazer com que tudo ficasse coberto de um dourado borrado, com a textura do coco ou como o suco de tangerina, enquanto de um lado um homem vendia cachos de uva a mil pesos para uma jovem, um outro vendia um dicionário escolar inglês-espanhol e uma senhora dizia ao seu neto que não iria pagar dois mil por um dicionário, e o neto olhava os lápis que um negro que tinha saído do ônibus vendia, um ônibus velho e grande, como uma baleia fora de seu hábitat, com mais fumaça que tempo de vida e menos passageiros que vendedores ambulantes – dos marca-textos, o cara do almanaque Bristol, o da água gelada, o da água de coco, o dos chaveiros, das capas para celular, dos adesivos, das revistas, dos escapulários, dos biscoitos; quando Karen quer descer, o rapaz volta a gritar os destinos debaixo de um calor sufocante que impregna de sujeira as unhas e não deixa ninguém respirar. E esse mesmo calor também sentem as pessoas do ônibus ao lado, que vai para o mesmo lugar mas que também está vazio, todos os outros que vão para o mesmo lado, com seis, sete, oito passageiros, são ônibus depauperados, implorando por passageiros com a imagem de Nossa Senhora do Carmo, do Menino Jesus, de Nossa Senhora de Guadalupe, de Jesus Cristo, e os que colocam "Cristo vive" dão fechadas naqueles com adesivo de "Nossa Senhora do Carmo", porque todos têm que chegar primeiro, mas a rua é uma só e está em obras, além disso só sobrou uma pista, já que a outra está fechada porque colocaram ali a rodoviária, embora em seguida ela tenha sido abandonada e esteja com os vidros quebrados e cheia de entulho; e, se você caminha pelo mercado de Bazurto, os cartazes dizem: "Esta loja é protegida por Deus", "Sucos Sangue de Cristo" e "Carnes vá com Deus", o lugar está dominado por um cheiro de morto, de carniça, de porco, de peixe, de tripas espalhadas pelo chão, de cadáver de vaca e de porco, ali caminham os pés descalços dos negros que limpam as entranhas de animais quando passa um carrinho que se chama "Menina Karen", e então ela se pergunta como se sentiria se tivesse um pai que trabalhasse num mercado ou onde quer que fosse e chamasse o seu carrinho de "Menina Karen", e um pai que soubesse preparar *arepa* com ovo, bolinho de aipim, pamonha bem fresquinha com muita canela; agora em Cartagena só há edifícios brancos com vidros azuis, tudo, tudo, tudo é vidro azul, dizia sua mãe, como se não existissem vidros verdes, amarelos, vermelhos ou transparentes, e "ah", dizia sua mãe, e "ah", dizia Karen, mas tantos ônibus e todos com os mesmos destinos, e esse caminhar no mormaço, e esse cheiro de terra e mar, esse

A CASA DA BELEZA 193

cheiro de suor de mar, de água do mar, e essa ladainha da *champeta*, *champeta* em La Boquilla, numa discoteca do bairro El Bosque, e ver o bairro explodir dos pés à cabeça, tirar uma sesta merecida, e a mãe preparando balas de tamarindo na entrada da casa, dizendo "menina, não me procure porque você vai me encontrar", porque ninguém mais a chama de menina, e ninguém a procura, ou pelo menos não a encontra, nem ela mesma se encontra, nem mesmo sabe onde está, cada vez mais perdida, cada vez mais lá e cá ao mesmo tempo e, no entanto, em nenhum lugar, e aqui ninguém joga cartas à sombra de uma mangueira, aqui não tem árvore de totuma, aqui não existe uma igreja pentecostal com uma mangueira na entrada, aqui não tem o parque, não tem a Igreja Nova de Cristo Redentor, não tem uma casa de pães limpa, "aqui não tem nada", pensa Karen, aqui Emiliano não está, não está sua mãe, aqui tem gente violenta e a morte rondando debaixo de um céu de chumbo, e sente esse mormaço e começa a suar, porque a boca tem gosto de tamarindo, mas não da fruta seca, e sim da bala doce, igual à que sua avó também fazia quando ela tinha avó, quando era menina e queria ser rainha da beleza, antes da *champeta* e da primeira comunhão, antes de pensar em sexo e saber que praticar antes do casamento era um pecado, antes de ir à igreja do bairro, antes de começar a se benzer diante de cada igreja sem se importar com o credo, antes de ser a melhor aluna, de querer ser esteticista, se é que alguma vez quis, e logo viria a febre no corpo e o calor que sentia por Harry Flow, antes de relacionar-se com um negro maluco, de ficar grávida, de se transformar em quem era, de compreender que não podia fugir de si mesma, que era isso e nada mais, esse corpo de palmeira, de gazela, essa carinha assustada, essa tristeza lânguida, essa altivez desperdiçada, esse orgulho que não encontrou apoio neste mundo, essa vontade de chegar a algum lugar sem saber qual, outro pássaro sem árvore na cidade de cimento onde não havia miscelâneas, nem lojas de bairro, nem as máquinas de caça-níqueis, nem uma cidade diferente dentro de uma muralha onde a realeza de Mônaco e os atores de Hollywood passam as férias, essa cidade murada que já não pertenceria a ela, mas erá só dos turistas e de poucas famílias ricas que ficavam ali; não tinha um concerto de música clássica na rua, não tinha charrete passeando com um casal de apaixonados canadenses, também não tinha um porco ali, no pátio de uma casa como se fosse uma coisa normal, nem a roupa molhada pendurada nas grades secando ao vento, mas também não havia grades, grades para se proteger do mundo lá fora ainda que preso por dentro, nem tinha tetos cobertos de cacos de vidro para espantar ladrões, o mesmo que ter um cachorro, ainda que "cachorro que não seja da região de *tierra caliente*, é só dar dois peixes para ele virar cão sarnento", dizia sua mãe, como se ela algum dia tivesse tido um cachorro de *tierra fría*, como se soubesse algo sobre cachorros; Karen acha que ela é um animal de *tierra caliente*, volta a se perguntar o que está fazendo nesta geladeira, o que a trouxe a Bogotá, a aprender a falar de forma lenta e melosa, a sorrir, a aprender uma amabilidade ensaiada, a comer *almojábana* em vez de bolinho de aipim, a esquecer quem ela era, seu Emiliano estava mais longe do que nunca, seu Emi, que dizia que ninguém sabia massagear seus pés como sua mãezinha, porque ele a chamava de "mãezinha" e quando estava dengoso "mamãezinha", e ela, que não tinha colocado os pés na cidade em quase um ano, um quarto da vida de Emiliano, dizia sua mãe, "um quarto da vida do seu filho sem voltar aqui, menina"; absorta, Karen olha as portas da igreja, um grupo de pessoas tinha ficado do lado de fora com cartazes que diziam: "Mestre dos mestres, você nunca vai morrer" e "Guarde para mim um lugar no céu", entre outras mensagens para se despedir de Ramelli. Karen olha para eles como se não estivessem lá, lembra que Ramelli morreu e outra vez tem náuseas, e esse ônibus perambula por Pedro de Heredia, e sua mãe que diz "as morenas vendendo fruta na praia", como se ela fosse "uma morena" também — e, afinal, qual era o medo de dizer a palavra *negra*? As pessoas começavam a ir embora e a chuva tomava corpo e os carros estacionados ao longo da avenida arrancavam num grande tumulto enquanto Karen continuava sentada observando sem ser vista, sentiu que suava, pegajosa, o cheiro de tamarindo, mas já estava outra vez debaixo da chuva, sempre da chuva e da fumaça numa cidade cinzenta, e a poeira cinza, a nuvem cinza, as roupas cinza dos funcionários, a poluição cinza, a puta *cinzentice* daquela cidade iria matá-la de uma puta tristeza, mas e se tivesse um pai, ela diria cinzas, *cinzentice, cinzentude*? Se tivesse um pai, ele saberia a resposta, e mesmo que não soubesse, caralho, se tivesse um pai não sentiria que está morrendo, ou que já havia morrido e andava pela rua como fazem as assombrações, por isso pisavam nela, por isso davam cotoveladas e pontapés nela no Transmilênio, porque não a enxergavam, Eduardo a tinha percebido, Eduardo a tinha acariciado assim que a viu, e tinha pagado a ela pelo serviço e tinha transado com ela como fazem os vivos, mas agora estava morto. Colocou a língua para fora e sentiu o ar áspero. O ar pesado e tóxico. Os pingos da chuva como agulhas. Subiu num ônibus agarrada ao suporte de metal. Voltou a sentir o seu cheiro de suor concentrado. Talvez estivesse viva. Estava viva porque cheirava a merda. Estava viva porque mais de quarenta e sete homens tinham fodido com ela em dezesseis semanas, estava viva porque tinha sido estuprada por um gordo asqueroso e ressentido, estava viva, só que não pelas razões certas.

37

O TELEFONEMA DE KOLLAK deixou Consuelo Paredes sem respiração. O primeiro que ligou foi Jorge e pediu que ela fosse para sua casa urgentemente.

— Estou em Abastos.

— Bom, mas venha, por favor, o mais rápido possível.

— O mais rápido que eu puder — respondeu antes de desligar.

Nesse espaço de tempo, com as mãos tremendo, Consuelo abriu sua agenda e ligou para o advogado, que não atendeu. Depois procurou o número da Sociedade Nacional de Psicanálise, onde deram a ela o meu telefone. Digitou em seguida e, como não atendi, deixou uma mensagem na caixa postal: "Estou ligando da parte de Karen Valdés, sou a mãe de Sabrina Guzmán. Por favor, retorne a minha ligação", disse Consuelo Paredes e deixou seu número. Voltou a ligar para o advogado.

— Vou ter que deixar o caso.

— O quê? Justo agora, que ele está começando a andar?

— Sim, me desculpe.

— Mas o que aconteceu?

— Motivos de força maior, sra. Consuelo.

— Não me venha com essa, doutor — disse Consuelo com voz embargada.

— Essa manhã um pequeno caixão foi deixado na minha casa. Dentro tinha o nome do meu filho e, do outro lado, o de sua filha. Por favor, me entenda — disse antes de desligar.

Consuelo tentou voltar a ligar, mas foi inútil.

Procurou o número do perito criminal com quem tinha conversado em duas ocasiões:

— Sra. Consuelo, eu estava aqui pensando, queria contar que alguém anda hackeando o Facebook da sua filha. Mas só consegui chegar até aqui, porque acabaram de me avisar que nomearam outro perito para o caso. Isso quer dizer que ele vem para montar uma outra equipe e que eu serei afastado do caso.

— Mas por quê? Para mim ninguém disse nada...

— Qualquer coisa que lhe disserem será mentira, minha senhora. Bom, estão me ligando.

— Para que estão fazendo isso, oficial?

— É possível que estejam tentando culpar pelo crime alguém que é inocente para desviar a atenção do verdadeiro culpado. Desculpe, senhora, mas eu tenho que desligar.

Consuelo ficou com o telefone no ouvido, catatônica.

38

ENTROU NA CASA DEIXANDO UMA POÇA de água na entrada e, debaixo do olhar insolente de Annie, trancou-se no banheiro do primeiro andar. Cruzou os dedos torcendo para ter uma tarde agitada, mesmo sendo terça-feira, para dessa forma não ter que suportar a conversa das companheiras de trabalho. Sentia falta de Susana. Chorou com o secador numa das mãos, escondendo os soluços antes de sair no meio de um amontoado de mulheres, que achou mais envelhecidas e sem brilho que nunca.

Agia como um autômato. O pânico a invadia a todo momento. Os desejos de se machucar a assaltavam. Uma imagem contínua de si mesma rasgando a panturrilha com um bisturi até cortar um pedaço de músculo a perseguia. Quando não era isso, ela se imaginava mutilando um dedo ou uma orelha. Depois, quando se dava conta, tinha uma ferida no tornozelo, outra no cotovelo. Não se lembrava de ter se cortado.

Karen subia a escada quando a inconfundível voz anasalada de Karen Ardila a interrompeu:

— Pocahontas, é você?

Seguiu em frente sem parar. Mas nem sequer havia fechado a porta e Annie ligou para anunciar que dona Karen estava a caminho.

Karen Ardila se despiu, deixando a roupa cair no chão. Só entregou a jaqueta e a bolsa na mão dela. Karen se sentia insultada, mas preferia evitar briga.

— O que a senhora vai fazer hoje? — perguntou, recolhendo a calcinha, o sutiã, a blusa e os sapatos do chão.

— Depilação completa.

— Me dê um tempinho, dona Karen, para esquentar a cera.

Movia-se com velocidade. Cortou os pedaços de tiras para depilar, decidiu esquecer a manta térmica, iria fazer o mais rápido possível, para o bem de ambas. A nudez desse corpo que ela tinha que virar de um lado para o outro, suas impurezas, seu sinal no quadril, seus escassos pelos pubianos, a mancha de nascença perto da vagina, a umidade, tudo provocava náuseas nela.

Via aquela boceta na sua frente, aquela boceta vermelha, úmida, aberta como uma ameaça, como um insulto com cheiro de peixe podre, porque cheirava assim e continuava cheirando assim. Dona Karen chamou-a pelo nome:

— Karen? Está se sentindo bem? Você está suando.

Karen teria gostado de responder direito, ficou feliz que ela a chamasse pelo nome, era a primeira vez que fazia isso, mas já era muito tarde; de esguelha, tinha visto seu cabelo ondulado no espelho e sentiu raiva. Tanto esforço. As ânsias de vômito não permitiam que respondesse à dona Karen, e não teve outra saída além de abandonar a cabine contrariando as regras da Casa, implorando para chegar logo ao banheiro, onde vomitou, sentindo uma bola de nojo se formar no estômago.

Karen joga um pouco de água no rosto. Tira a lâmina de barbear do bolso. Segura o instrumento e faz um corte no antebraço. Um leve choque percorre o seu corpo. Repete a operação três, quatro, sete vezes. São cortes superficiais. Quer fazer um mais fundo. Sangra. Abre o estojo de primeiros socorros, coloca um curativo. Abaixa as meia se faz um corte mais fundo no tornozelo. Deixa escapar uma grande lufada de ar pela boca. Coloca outro curativo. Guarda a lâmina entre o papel higiênico, a quantidade de sangue é escandalosa, as manchas nas meias brancas do uniforme, os sapatos também brancos. Abre a torneira e molha o cabelo com ódio tentando alisá-lo com a mão. É inútil. Está cada vez mais molhado e crespo. Karen está gritando. Está trancada no banheiro da Casa tentando alisar o cabelo com água e gritando. Tira as meias e as enxágua na pia enquanto a canção de Los Diablitos continua martelando na sua cabeça como um disco arranhado: *E voa, voa, por outro mundo, e sonha, sonha, que o mundo é teu*. Ao terminar de lavar as meias e prestes a começar colocá-las sem se importar com quão molhadas estavam, nota que tem sangue no chão, se agacha para limpar com uma das meias enquanto repete a canção: *E voa, voa, por outro mundo, e sonha, sonha, que o mundo é teu*. Escuta duas batidas na porta, logo depois alguns passos, em seguida a voz de dona Josefina, e mais movimento e mais gente indo e vindo. Karen canta e limpa o chão com a meia, mas a ferida continua sangrando, assim como o corte que fez no antebraço.

Karen abre a porta.

É a voz de dona Josefina. Não se lembra mais de muita coisa. Quando abre os olhos está em sua cabine, a mulher foi embora. Em volta do tornozelo há um curativo e gazes envolvem seu antebraço e os punhos. Alguns minutos mais tarde, dona Josefina aparece na porta da cabine.

— Vá até o meu escritório assim que se sentir melhor.

Karen fecha os olhos e desaparece num sono profundo.

39

Josefina de Brigard pediu a Karen que deixasse a Casa imediatamente. Recomendou que ela procurasse ajuda psicológica.

— Querida, você está doente. Não pode ficar aqui. É melhor que alguém venha te buscar.

Karen tentou ligar para Susana, mas ela não atendeu, como nunca mais havia atendido. Em seguida me telefonou, e eu estava tomando um café com Lucía. Disse que logo iria buscá-la. Lucía me acompanhou. Nós a ajudamos a empacotar suas coisas. Karen insistia em ver Susana, então me comprometi a ajudar a localizá-la.

Viemos para o meu apartamento. Pela primeira vez, ela entrou no meu consultório. Colocamos Karen no divã. Lucía pegou um cobertor de pele e cobriu os pés dela. A tarde caía. O dia era frio como quase todos.

— Você tinha razão, ela é bonita — disse Lucía

Karen ficou ali, dormindo. Um raio de sol dividia seu rosto, deixando um lado iluminado e outro na penumbra. Preparei uma jarra de chá. Ligamos a fonte que ficava no terraço e dava sobre a janela panorâmica do consultório. O barulho da água sempre me ajudava a acalmar os pensamentos. Esperava que tivesse o mesmo efeito sobre Karen. Lucía ficou lendo uma revista de psiquiatria que estava à mão.

— Gostaria de abrir um consultório. Será que estou muito velha para fazer isso?

— Você seria muito boa — eu disse.

Velamos o seu sono por quase uma hora. Quando abriu os olhos, a noite já estava escura.

— Você é a Lucía — disse finalmente

— Isso mesmo — Lucía respondeu com um sorriso.

Era uma mulher que inspirava confiança. Tinha um rosto plácido. Sereno. E o sorriso sincero. No entanto, Karen não percebeu nada isso. Fixou o olhar nos seus cabelos brancos, seus pés de galinha, seus dentes amarelados. Voltou a fechar os olhos.

— Você quer ficar e dormir aqui? — perguntei.

— Por que fazem isso por mim?

— Porque queremos — Lucía se apressou em responder. — Você está mal.

Karen voltou a abrir os olhos e ficou olhando para ela.

— O que querem de mim? — quis saber Karen.

— Eu gostaria de contar a sua história. Na verdade, eu gostaria de contá-la com a ajuda de Claire.

— Posso preparar uma massa? Alguém está com fome? — perguntei.

— Eu, não — Karen disse.

Fui para a cozinha e coloquei numa panela o espaguete, depois tirei do congelador um molho de tomate e o pus para esquentar em outra panela. Não deixei as duas mais de meia hora sozinhas. Quando tudo estava pronto, fui chamá-las. Antes de bater na porta, escutei as duas rindo. Já à mesa, Karen tomou uma taça de vinho como se fosse um copo d'água e pediu mais. Fez o mesmo com a segunda taça, depois pediu água antes de falar.

— Vou fazer isso — disse finalmente.

— O quê? — perguntei.

— Contar.

— Maravilha, isso merece um brinde.

Karen repetiu o prato e aceitou tomar um remédio para dormir logo que a deixamos em casa. Era importante que tivesse um sono reparador. Disse que tomou alguns comprimidos que eu tinha dado a ela. Dormia bem. A partir daquele momento, eu me encarregaria de sua medicação, assim como do seu tratamento psicoterapêutico. Nós a levamos para o seu apartamento. Combinamos de ter uma primeira reunião no dia seguinte para começar a trabalhar no livro. Pedi que ela me telefonasse se precisasse de qualquer coisa. Deixei para ela outra caixa de Zolpidem e o telefone à mão. Então nos despedimos com um longo abraço.

Na volta, entre o trânsito e o aguaceiro, cheguei quase às nove da noite. Estava exausta, preparei um chá de camomila e umas torradas e me sentei em frente à televisão. Depois dos comerciais, veio a notícia que provocaria uma reviravolta na história: "Um novo ingrediente vem trazer mais pistas sobre a morte do mestre Eduardo Ramelli. *Noticias Hoy* descobriu que o autor de *A felicidade é você* e *Me amo* tinha uma relação clandestina com Karen Valdés (na foto), prostituta suspeita de estar envolvida na morte do agente da Agência Antidrogas norte-americana John Toll, que, minutos depois de um encontro com ela, morreu nas mãos de um taxista que, depois de roubá-lo e atirar nele, fugiu. Toll havia passado a noite com a mulher, que trabalhava durante o dia como esteticista no prestigioso salão A Casa da Beleza, localizado na Zona Rosa de Bogotá, onde trabalhou até o dia de hoje, quando foi despedida por causa de transtornos mentais e ações agressivas. As autoridades investigam a possível conexão de Valdés com a morte de Ramelli e John Toll, assim como o caso da morte, também em condições estranhas, de Sabrina Guzmán Paredes, na madrugada de 23 de julho. Valdés foi a última pessoa que viu a menor de idade com vida, que havia ido ao salão para fazer um tratamento de beleza na mesma tarde em que foi assassinada. Por outro lado, a maleta roubada pelo taxista continha um dispositivo com valiosa informação da inteligência. A Agência Antidrogas norte-americana se juntou às autoridades colombianas para esclarecer a responsabilidade de Karen Valdés no crime. Até o momento do fechamento desta notícia, não encontramos o paradeiro do taxista".

À medida que escutava a notícia, comecei a sentir um aperto no peito. Não costumo ser uma pessoa impulsiva. No entanto, dessa vez não pensei nem por um segundo. Como se tivesse esperado a vida inteira para cumprir esse papel, me levantei em um salto. Peguei as chaves, a bolsa e saí para pegar o carro. Lá fora chovia como sempre. Enquanto eu dirigia até o apartamento de Karen, sentia meu coração bater com força. O remédio teria dado resultado? Sempre dava. Uma paciente confessou ao marido que tinha um amante havia cinco anos. Em seguida, virou-se e caiu no sono, como se não tivesse acontecido nada. No dia seguinte, levantou-se surpresa por não encontrá-lo ao seu lado. Tinha se esquecido completamente da confissão que fizera. Em casos mais drásticos, um homem medicado com Zolpidem matou sua mãe em Bogotá no ano passado. Acontece em todo lugar, até nas melhores famílias. Ele mesmo ligou no dia seguinte para a polícia aos gritos para denunciar o assassinato. Alguém havia apunhalado sua mãe! Abriu-se uma investigação. O homem foi o primeiro a ficar surpreso ao conhecer a verdade. Paradoxalmente foi julgado como "inocente". Costumamos acreditar que quem comete um crime é sempre culpado. Entretanto, ter culpa requer um exercício de vontade. Nesse caso, ter cometido o crime e ser culpado eram duas coisas diferentes. O problema é que, caso a lei levasse isso em conta, pagaríamos cada vez menos por nossos crimes e pecados. Vivemos inconscientes de nossos próprios impulsos, desejos e elaborações. Somos sombras em uma caverna sem saída.

O porteiro abriu a porta do estacionamento. Afinal, tinha me visto entrar com Karen algumas horas antes.

— Pode entrar, doutora. — Ele me recebeu como se me conhecesse. — Pode me dizer seu nome outra vez, por favor?

— Claire, Claire Dalvard.

— Pode entrar, é o número 402.

Peguei o elevador. Na frente da porta, tive que tocar a campainha várias vezes. Finalmente Karen abriu. O cabelo no rosto. Os olhos abertos. Sorria. Sem dúvida tinha tomado o comprimido. Parecia estar sonâmbula. Responderia a qualquer pergunta com honestidade.

— Entre — disse com o corpo rígido.

Eu me sentei. Depois de fazer algumas perguntas triviais — se havia jantado, que planos tinha para o dia seguinte —, entendi que estava pronta para responder no piloto automático.

— Me diz uma coisa: como organizaram o sequestro relâmpago de John Toll?

Eu tinha levado o gravador que às vezes usava com meus pacientes para registrar as sessões. Liguei-o.

— Isso foi o Wílmer.

— Wílmer? Sabe qual é o sobrenome dele?

— Delgado.

— E levaram muito tempo organizando?

— Organizando? — perguntou. E logo começou a rir.

— Organizando o sequestro relâmpago — eu disse, tentando não perder o fio narrativo.

— Não, não muito, duas ou três vezes ele me perguntou onde estava e a que horas o meu cliente tinha saído, eu só respondia, achava que ele fazia isso apenas por ciúme. Nunca combinamos de prejudicar ninguém. Isso, não. Eu também não sabia; do sequestro relâmpago.

— E você queria ajudá-lo?

— É casado com a minha amiga.

— Quantas vezes você deu a ele informações de algum cliente?

— Umas quatro ou cinco vezes. Fiz porque ele me forçou. Ameaçava contar nosso caso para Maryuri. Não pensei…

— Eles obrigavam as vítimas a tirarem dinheiro do caixa eletrônico?

— Isso eu não sei, já te disse, ele só me pedia para explicar onde e que horas os meus clientes saíam.

— E Eduardo?

— O que tem ele? — disse.

— Estava com ele pelo dinheiro? — perguntei.

— Que dinheiro? — disse. — O que está na mala?

Depois de me perguntar isso, se colocou em posição fetal na cama e caiu no sono. Abri o closet e lá estava: uma mala rígida e escura. Abri. Dentro havia uma quantidade inacreditável de dinheiro em maços de cinco centímetros. Voltei a colocá-la no lugar, me levantei e fui embora. A chuva não dava trégua. No caminho de volta, não pude deixar de sentir uma leve excitação. De repente tinha o papel de protagonista na história. Via tudo com clareza. Ignorei os sinais de alerta. Como alguns dos meus pacientes viciados, tinha a sensação de estar tendo uma epifania. Pensei que, pela empatia que eu tinha por Karen, não tinha sido capaz de questioná-la. Talvez porque a visse com certa condescendência, com pena ou com a culpa que sentimos quando temos tudo na vida. Não era mais que uma vítima da minha suposta superioridade. Tinha me sentido lisonjeada por ser a confidente de uma beleza do campo, de aparência humilde e reservada. Meu ego tinha me levado a continuar escutando-a, a procurá-la e a oferecer minha ajuda, sem chegar a perceber que estava sendo manipulada. Minha suposta função como psicanalista era subir o véu dos meus pacientes, esse que todos vamos construindo dentro de nós mesmos em relação ao mundo que nos rodeia. As deformações de realidade nos permitem uma proteção do sofrimento, mas ao mesmo tempo tapam nossos olhos.

Minha intuição deixou de ser confiável. Vi em Karen uma pessoa delicada. Consciente, inclusive, do menor de seus gestos. Plena. Vigilante. Atenta. Carinhosa. Espontânea. Boa. E tudo era um engano. Karen não é mais que uma assassina a sangue-frio, uma mulher que acabou com a vida do marido da minha amiga, que inclusive teve o descaramento de me contar sobre uma de suas vítimas fazendo-se de mártir. Conquistou minha compaixão e me vendeu uma história completamente oposta à realidade: Karen era apenas uma puta contaminada pela ambição até o ponto de ser capaz de matar por dinheiro.

Cheguei em casa quase meia-noite. Decidi não ligar para Lucía. Tomei um remédio para dormir, fechei os olhos, foi inútil, me virei na cama, me levantei, acendi a luz, eram duas da manhã, tomei outro remédio para dormir, apaguei a luz, só via Karen com o seu rosto bondoso, Karen me falando de Emiliano, Karen a princípio usando a roupa comprada em San Victorino* e, meses depois, com uma jaqueta cara, botas, uma bolsa de couro legítimo. Como não me dei conta? Como não vi antes? Karen reclamando das contas para pagar, Karen sofrendo, Karen fazendo mal a si mesma, Karen passando a mão nos cabelos, Karen sorrindo, Karen de perfil com a mão na cintura, Karen acariciando as minhas costas, Karen me provocando, perturbando minha sanidade com sua sensualidade descontrolada. Suas condutas eram tiradas de um manual, como se fosse uma novata no ofício. Karen era uma sociopata, não era de estranhar que fosse capaz de qualquer coisa, com certeza a primeira vez que me viu entrar na Casa, disse: "Essa é a pessoa de que preciso". Por isso se lançou sobre mim, fui sua presa e não consegui perceber porque Karen tem esse poder, ela sabe disso, sua beleza é uma arma, por isso me olhava daquela maneira, por isso seu contato com a minha pele tinha aquele poder; eu tinha que ter suspeitado das nossas conversas, dos sorrisos compartilhados, da falsa cumplicidade que ia crescendo no interior daquela cabine, acendi a luz e já eram cinco da manhã, precisava dormir, não estava pensando bem, senti a boca pastosa, me levantei,

---

* Bairro de comércio popular de Bogotá. (N. E.)

peguei um copo d'água, bebi em goles grandes, voltei a ver o rosto da menina com olheiras, o cenho franzido enquanto esquentava a cera, seu abdômen reto, seus peitos erguidos, seu corpo longilíneo e alto, o queixo marcado e sua boca, aquela boca volumosa, gostosa como um morango silvestre.

40

QUANDO LUZ ME ACORDOU, meu primeiro paciente já havia chegado. Tive que enxaguar o rosto, me vestir às pressas e entrar na consulta. Estava muito distraída, não conseguia tirar Karen da cabeça. Atendi mais uns pacientes e ao meio-dia peguei a agenda e fiz telefonemas para cancelar as consultas da tarde. Em seguida, liguei para a polícia e disse ter informações sobre o caso Toll. Eles me deram outro número e, depois de muitas idas e vindas, me encaminharam para o promotor responsável pelo caso. Disse que acabara de ser designado para o caso, porque o anterior havia sido afastado. Ao que parece, queriam resultados o quanto antes. Marcou um horário no seu escritório naquela mesma tarde.

O promotor era um homem mais velho. Eu quis saber o que tinha se passado com o anterior, não entrou em detalhes, disse que eram ordens superiores. Não podia me dar mais detalhes.

Agora compreendo o que agia em mim naquele escritório: o desejo de vingança. Sentia-me traída, por isso não consegui pensar direito no que estava a ponto de fazer. Fui direta. Falei por cerca de quinze minutos. Dei a ele a gravação, assim como o endereço de Karen. Expliquei a ele onde encontrar a mala. Prometeu que o meu nome permaneceria anônimo. Agradeci. Senti certo alívio, pelo menos momentâneo, porque já na volta, dentro do carro, comecei a duvidar. A atitude do promotor não me parecia completamente confiável. Tinha dito: "A tese atual propõe que Karen contratou uma pessoa para contatar Sabrina por Facebook e encontrá-la em um lugar com instruções para machucá-la". Segundo eles, fizera isso porque estava apaixonada por Eduardo, que Sabrina vivia perseguindo.

—A típica história do triângulo amoroso — completou o promotor.

"Tese atual?", pensei. E quem propunha uma tese, quem estava por trás dessa rebuscada história de "triângulo amoroso"?

"As companheiras do salão reforçam a teoria de sua deterioração mental; sem dúvida, como você disse, se trata de uma pessoa desequilibrada", insistiu o promotor. Duvidei. Eu já estava chegando na minha casa.

Quando perguntei quem tinha falado sobre a relação de Sabrina Guzmán e Eduardo Ramelli, ele disse que tinha sido um "informante anônimo". E se esse informante anônimo fosse Diazgranados? E se fosse ele por trás dessa tramoia? Deixei o carro no subsolo e subi pelo elevador. Assim que entrei em casa, o celular tocou. Era Lucía. Não fui capaz de atendê-la. Pedi um chá para Luz, pensava em me jogar na cama, tentar descansar antes de fazer qualquer outra coisa. Ao me sentar, vi do outro lado do quarto que a luz do telefone que indicava mensagens estava acesa. Eu me aproximei, apertei o botão e escutei a voz de Consuelo Paredes dizendo que queria me ver. "Karen Valdés me disse para te contatar, tenho informações sobre a morte de Sabrina Guzmán, sou a mãe dela." Em seguida, retornei a ligação. Combinamos de nos ver uma hora mais tarde no Il Pomeriggio. O tempo passou devagar. Fiquei repassando mentalmente o que havia acontecido nos últimos dias. Finalmente cheguei ao lugar, fui caminhando. Encontrei Consuelo sentada do lado de fora, com uns óculos grandes de aros dourados e o cabelo cobrindo o rosto.

— Você é a Claire? — disse ao me ver.

— Isso mesmo, como adivinhou?

— Acho que a aparência coincide com o nome — disse. Tirou os óculos. Tinha olheiras profundas e os olhos vermelhos. — Muito prazer, Consuelo Paredes.

— Claire Dalvard.

Minha pulsação estava acelerada. Nós nos sentamos perto da fonte de água. Tinha parado de chover, mas o dia estava frio, um frio seco que colava nos ossos.

— Foi Karen que falou de mim para você? — perguntei.

— Isso mesmo, você parece surpresa.

— Um pouco. O que foi que Karen disse?

— Disse que confiava em você.

Senti meu coração encolher.

— Claire, acho que ela corre perigo. Veja. Trocaram o promotor encarregado do caso. Falei com um perito criminal. Ele me explicou que às vezes fazem isso quando querem "manipular" um processo, como dizem informalmente.

— Não estou entendendo.

— Alguém quer dar uma reviravolta na investigação, então mudam o promotor encarregado, o investigador do Corpo Técnico de Investigação, e eles já vêm comprados, com uma tese pré-fabricada, um culpado, um álibi.

— Quem está por trás disso? — perguntei, mesmo já sabendo a resposta.

— Aníbal Diazgranados. Você sabia que ele é o pai do rapaz que achamos que tenha matado a minha filha?

— Não tinha ideia — menti. — Mas vocês têm alguma prova?

— Era justo sobre isso que eu queria falar com você.

O garçom se aproximou.

— Querem pedir algo?

— Para mim, um capuccino — disse Consuelo Paredes.

— Um gim-tônica, por favor — falei, sentindo a garganta seca.

— Conte-me.

— Para encurtar a história, contratamos um detetive particular com muita experiência. Ele descobriu um bilhete no quarto de Sabrina com a assinatura de LAD.

— Luis Armando Diazgranados?

— Esse mesmo. O detetive conseguiu uma amostra da letra do rapaz, e a prova grafológica foi feita.

— Deu positivo?

— Isso mesmo — respondeu Consuelo Paredes.

— E essa prova serve para vinculá-lo à morte da sua filha?

— Vamos tentar, embora pareça que os que agora estão tocando o caso vão desconsiderá-la. Dizem que foi obtida por meios ilegais e por isso não seria válida.

— Não é possível — eu disse.

— Meu advogado desistiu do caso porque o ameaçaram de morte. Claire, isso é muito grave. Alguém quer incriminar Karen pela morte da minha filha e assim proteger o pescoço de Diazgranados.

— O que faz você achar que isso é verdade?

— O Facebook da minha filha foi hackeado. Kollak confirmou. Quem averiguou foi a nova unidade de investigação responsável pelo caso. Querem fazer uma montagem sobre o encontro da noite em que ela morreu.

— Kollak?

— O detetive.

— Chama-se Kollak, como na série de televisão?

— Sim — disse Consuelo impaciente.

— Está bem — eu disse, tomando um gole grande do gim-tônica. Não tinha nada a acrescentar.

— Eu esperava mais apoio da sua parte, na verdade. Noto que você está um pouco indiferente. A última coisa que falta para culpar Karen de três homicídios é uma prova que a vincule, nada mais.

Enquanto isso, Luis Armando anda livre por aí, e o desgraçado é responsável pela morte de Toll, também. Você entende que podem extraditá-la? A Agência Antidrogas norte-americana está por trás disso. O governo quer entregar alguém para eles, e a moça acabaria sendo o bode expiatório das mortes de Sabrina, Ramelli e do agente Toll sem ter feito mal a ninguém.

Eu me senti enjoada.

— Está pálida — disse Consuelo. — Está se sentindo bem? Claire, você não está vendo? Se Karen cometeu um crime, foi o de ter sido uma garota de programa, mas isso é muito diferente de ser assassina!

— E como você sabe de tudo isso?

— Kollak. Ele entrou em contato com Susana, uma colega de Karen do salão. Disse que Karen era uma garota de programa, que de fato tinha uma relação com Wílmer Delgado, embora não soubesse que ele assaltava os clientes dela, que não havia nenhum tipo de combinação entre eles, só sabia que ele tinha um táxi e era marido de uma amiga de Karen. Disse que tinha certeza que Karen não era uma criminosa. O problema é que, se Aníbal Diazgranados está por trás disso, ficará muito fácil para ele vinculá-la aos outros casos.

— E o taxista que levou Sabrina ao hospital San Blas? Vocês não o procuraram? — perguntei.

— Kollak marcou um encontro com ele numa sinuca faz alguns dias. O cara nem chegou ao encontro. Em seguida soubemos que foi dado como desaparecido.

— Tenho que ir embora.

— Eu pago — disse Consuelo secamente. — Parecia incomodada. Se você tem que ir, vá — completou.

— Eles têm alguma prova para incriminar Karen?

— Têm um vídeo em que ela aparece entrando com Toll no motel onde se encontraram. Isso vai prejudicá-la, mas não prova que esteja envolvida com o assassinato. Pessoalmente eu acho que não é o caso.

A CASA DA BELEZA 215

— O que você acha?

— Acho que ela atendeu a minha filha na Casa, em seguida se envolveu com Ramelli e com Wílmer, mas nunca matou ninguém.

Eu permanecia em silêncio.

— Mas, se não existe uma evidência, não podem culpá-la, ou podem?

— Podem, sim. Para mandar uma pessoa para a cadeia precisam de três coisas: causa, motivo e oportunidade. E aqui já montaram um caso com a santíssima trindade. E, do jeito que são corruptos, não me surpreenderia se alguma prova aparecesse.

Depois de um longo silêncio procurando o que dizer, me levantei com dificuldade.

— Na verdade estou surpresa, Claire. Karen me disse que você era como uma mãe para ela, que eu procurasse você se tivesse alguma emergência; eu te conto que ela está perto de ser injustamente processada e pode acabar na cadeia por um crime que não cometeu, e você nem reage.

— O que aconteceu com Susana?

— É apenas isso que interessa a você?

— Desculpe, acho que não posso ajudar, tenho que ir — disse.

41

DIA I

Acordei entre vozes estranhas, cheiro de suor misturado com urina.
Embora parecesse que era noite, uma voz disse:
— Mexa-se, novinha. Ou vai ficar sem café da manhã;
Uma mulher passou por cima de mim e roçou a ponta do chinelo no meu nariz. Estava jogada no chão. Do meu lado, numa sacola de plástico, tinha uma xícara e um prato de metal. Peguei os dois e continuei. Eu só via as silhuetas. Eu me levantei com dificuldade. A cabeça doía. Chegamos ao corredor escuro cercado por ferros.
Descemos dois andares de escada e atravessamos uma grade para alcançarmos outro corredor. Chegamos a um pátio onde havia uma fila longa. Avançamos pouco a pouco até um pavilhão com chão de cimento e paredes de ladrilhos brancos, como as de um banheiro.
A fila aumentava, e, por causa do teto baixo, as vozes das mulheres faziam eco. Eu as segui. A fila era grande e lenta. Na parede havia buracos de onde se estendia uma mão sem rosto com uma concha.
Do primeiro buraco, me ofereceram um pão duro que foi parar no prato; do seguinte, caiu algo parecido com um ovo leitoso misturado

com pedaços de carne rosa; e, no terceiro, serviam café aguado e morno com natas de leite boiando que coloquei no meu copo. Logo as mulheres saíam para o corredor à meia-luz e iam se sentando em pequenos grupos. A comida tinha um cheiro de ranço. Não quis experimentá-la. Caminhei até onde estava uma mulher de olhos azuis que as outras chamavam de dragão. Perguntei a ela onde estava. Explicou-me que estava na prisão Bom Pastor. Fiz outras perguntas, mas ela me deu as costas e foi embora. Fiquei parada ali, como um fantasma, no meio do corredor e das vozes. Eu tinha chegado, pensei. Finalmente tinha chegado ao purgatório.

Atrás de mim, duas mulheres riam. O prato e o copo caíram no chão, não conseguia respirar, uma mulher se aproximou correndo e com violência pegou do chão o meu pão e os restos de comida. Depois disso, eu não me lembro de mais nada naquele dia. Nem sequer do choro incontrolável nem de ter urinado nas calças, como dizem que aconteceu. Quando acordei, já era noite. Estava de novo jogada no chão. A cela tem quatro camas, mas somos oito mulheres. A que está do meu lado tem um pesadelo. Grita. Abro os olhos e volto a me afogar. Tenho tanto medo que não consigo gritar.

DIA 13

Desde que cheguei aqui não consigo dormir. E é melhor assim, porque, quando consigo dormir, ao acordar me lembro de onde estou e o ar me falta, depois só choro mais.

Tenho tido uma lembrança que me encobre como uma colcha sufocante: é a toalhinha de flores lilás que minha mãe usava para os aniversários — me lembro da toalha de mesa e me dá vontade de chorar.

DIA 21

Pouco a pouco me acostumo ao cheiro de suor e urina, a carregar o meu prato e o meu copo de plástico pelo corredor, antes do amanhecer, indo buscar o café da manhã, me acostumo aos gritos que ecoam cada vez que uma mulher recebe sua condenação, me acostumo à ideia de um deus que aperta mas não enforca, às tristes festas de despedida quando uma reclusa consegue sua liberdade, a não ver nem a lua nem as estrelas, a não poder tomar um copo d'água mesmo tendo sede, a aguentar a vontade de urinar até chegar a hora marcada, a fazer fila para cagar, fila para comer, fila para tomar banho e não dormir. Mas não me acostumo a esta vontade de morrer.

DIA 36

Comecei três vezes uma carta para Emiliano, mas fico olhando para a folha em branco e as lágrimas escorrem.

DIA 49

Às vezes me sinto vivendo num zoológico.

DIA 73

Escrevo porque Claire me pediu para fazer isso. Ela terminou de escrever sua parte do livro. Lucía o está revisando, às vezes faz algum comentário para acrescentar ou tirar alguma coisa. Querem que eu leia tudo depois para ver se estou de acordo ou não. Acho que não tenho opinião. Dizem que o livro vai ajudar a demonstrar a minha inocência.

A Casa da Beleza 219

Mas é muito tarde. Estar aqui dentro me transformou em culpada.

DIA 93

Desde que estou aqui, aprendi a ler os rostos. Claire voltou a aparecer outra vez carregada de desculpas e presentes, cheirando a rosas e lavanda. Fiquei olhando suas mãos. E notei que estava cansada. Contou que vai voltar para a França, não conseguiu se adaptar à Colômbia e sente que não pode fazer mais muita coisa por mim. Disse isso. Disse que faz poucos dias balearam Luis Armando Diazgranados em plena luz do dia, numa rua qualquer. Eu me lembrei de Sabrina Guzmán e senti um alívio momentâneo. Eu me perguntei quem estaria fazendo a depilação de Claire, quem faria as massagens.

DIA 99

Na próxima semana, Lucía vem para buscar essas páginas. Assim poderemos colocar um ponto-final nesta minha história.

Pouco me importa que voltaram a marcar uma audiência, também não me importa que Susana tenha vindo me visitar, agora casada e carola, para dizer que me perdoa. Já não quero mais pensar no mundo lá fora, já que o mundo lá fora me abandonou, como também me abandonou a vontade de fazer as coisas, até a de escrever para Emiliano. Esses pequenos desejos que ainda restavam foram embora do meu corpo e só tenho tristeza correndo em minhas veias. Estou muito ferida e prefiro morrer aqui presa a voltar para o mundo lá fora.

Eu ouvi uma história outra noite. Contam que uma mulher se enforcou com os lençóis e no dia seguinte encontraram um sapato vermelho de salto alto pendurado no pé dela. Desde esse dia não temos direito a lençol e um fantasma de mulher usando salto alto passeia antes da morte de uma interna. Na hora do café da manhã, contei que a tinha escutado. Primeiro não acreditaram em mim. Depois começaram a fazer apostas de quem seria a próxima a morrer. Desde que estou aqui, uma mulher morreu. Dizem que são mais ou menos duas por ano. Talvez essa seja uma outra maneira de medir o tempo. Talvez hoje, finalmente, a fantasma de salto alto venha para me buscar. Talvez, hoje seja o meu dia de sorte.

Agradecimentos

À Santa Fe University of Art and Design, em Santa Fé, Novo México, por ter me dado tempo e espaço para escrever. Agradeço muito especialmente a María Alexandra Vélez por tornar esse sonho possível.

A Santiago Salazar, Guillermo Puyana, Sandra Navas, Laura Escobar e John Jairo Muñoz pelas valiosas informações que contribuíram para dar consistência a esta história.

Àqueles que ajudaram a amadurecer este texto: Camila Segura, Paola Caballero, Laura Escobar e Carlos Castillo Quintero.

A Ricardo Silva Romero, por ser uma das primeiras pessoas que me escutaram com atenção contar esta história.

A Andrés Burgos, por me dar as pistas sobre Claire e me ajudar a encontrar um desenlace.

A Marcel Ventura, por seu rigor, sua lucidez e sua delicadeza no difícil exercício de polir o texto até chegar à versão final.

Às minhas cunhadas e irmãs por me ajudarem a conseguir o tempo e o espaço para escrever.

À minha mãe, Myriam de Nogales, pelo amoroso interesse em meu trabalho.

A Ricardo Ávila, a estrela e o motor.

Bogotá, 12 de dezembro de 2014.

Este livro, composto na fonte Fairfield,
foi impresso em papel Lux Cream 60 g/m², na Coan.
Tubarão, Brasil, janeiro de 2024.